U0025377

日本民間故事選

日中對照

作者 今泉江利子／須永賢一／津田勤子

譯者 林雪星

前言

什麼樣的日文閱讀訓練這麼有趣？

1 好看的日本民間故事

2 融會貫通Ｎ５～Ｎ３文法

3 聽力、文章朗誦的訓練

《樂讀日本民間故事選》提供學習者利用日本精彩的民間故事作為閱讀訓練，不但可以了解日本各地方風俗、生活習慣的由來、文化背景，也可一窺日本先民的智慧。同時，利用故事性強的特點，引領學習者自然輕鬆掌握Ｎ５～Ｎ３的文法。一次解決初級、初中級的日語學習者，苦於找不到合適程度的閱讀教材的煩惱；以及缺乏日本文化背景素養的缺陷。

本書考慮初中級自學者的需求，故事的文法難易度盡量不超過Ｎ３。同時將內容依故事的長度，分為短篇、中篇、長篇；再依日本語能力測驗的Ｎ５～Ｎ３文法程度編寫。

短篇Ｎ４、Ｎ５：節儉的男子、鯡魚子要淋雨、悲傷與高興、臼杵的鰻魚……

中篇Ｎ４、Ｎ３：河童的錢、比吹牛、寄放的十兩錢、貧窮神、不能吃的梨……

長篇Ｎ４、Ｎ３：梅若丸、養老瀑布、龍川的大蛇、乞丐的黃金、獨眼妖怪、貪心客棧……

全書收錄山梨縣、岐阜縣、東京、廣島縣、沖繩縣等日本各地生動有趣的民間故事，其中包含：

鬼怪故事：故事中的妖怪們不只存在深山裡，也化作普通百姓潛入村里裡，似乎就在大家的身邊。如〈獨眼妖怪〉、〈逃走的山妖怪〉、〈河童的錢〉等。

機智故事：〈寄放的十兩錢〉主角靠著機智，巧妙地取回失去的財物，又教訓了貪心的人，真是大快人心。〈比吹牛〉講述三人如何鬥智，又如何勝出，幽默風趣。

孝道故事：〈養老瀑布〉中孝子盡心全力滿足老父親的願望，孝感動天，連山谷也湧出了酒泉。〈龍川大蛇〉裡主動出擊的神奇大刀，告訴人們真誠的信念具有不可思議的力量。

人性故事：〈梅若丸〉栩栩如生地描寫，惡人的無情及母子生離死別的殘酷，不禁令人掬一把同情淚。〈貪心的客棧〉生動描寫人性的貪婪。故事中囊荷的作用令人會心一笑，同時認識日本風土中的文化背景。

在閱讀訓練上，本書內文漢字上均標注假名，並附中文翻譯方便讀者對照學習。本書並錄有學習ＭＰ３，讀者可以利用ＭＰ３來反覆聆聽發音，學習文章的朗誦及聽力訓練。

目錄

短篇

前言 2
1 みじかい話 短故事 10
・倹約する男 節儉的男子 11
・かずのこは雨にあてろ 鯡魚子要淋雨 15
・赤ん坊になったおばあさん 變成嬰兒的老婆婆 18
2 かなしいうれしい 悲傷與高興 24
3 臼杵のうなぎ 臼杵的鰻魚 29
4 たぬきの巣 狐狸的巢穴 36
5 氏神さまと大蛇 土地公與大蛇 42

中篇

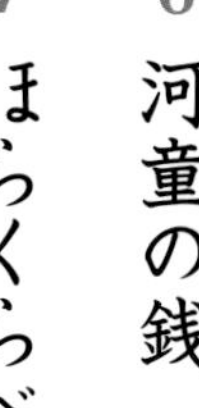

6 河童の銭　河童的錢　50

7 ほらくらべ　比吹牛　58

8 あずけた十両　寄放的十兩錢　66

9 弁天さまの島　弁才天神之島　75

10 おしどり　鴛鴦　82

11 びんぼう神　貧窮神　89

12 山男をぷつん　噗嗤捏死山妖怪　97

13 にげだした山父　逃走的山妖怪　105

14 やまんばと小僧さん　山姥姥與小和尚　115

15 ふたりの王さま　兩位國王　125

16 金の斧　金斧頭　133

17 食えない梨　不能吃的梨　143

長篇

18 梅若丸　梅若丸　154

- 人買い藤太　人口販子藤太　155
- つかのやなぎ　墓塚的楊柳　160

19 ざる売りとおかみさん　賣竹簍的人與老闆娘　172

- 産神の話　生產神的故事　173
- 山奥の家　深山的房子　177

20 養老の滝 養老瀑布 185
・（一）養老の滝 養老瀑布 186
・（二）孝子が池 孝子池 192
21 欲張り宿屋 貪心客棧 199
22 竜川の大蛇 龍川的大蛇 211
23 こじきの小判 乞丐的黃金 221
24 一つ目小僧 獨眼妖怪 231
25 馬になる餅 讓人變成馬的麻糬 242

短篇

1
みじかい話（はなし）

1

倹約する男

ある所に、倹約ばかりしている男がいました。おならをしても、もったいないと言って、紙袋におならを入れて、畑に埋めます。少しでも、畑の肥料になるだろうと考えた①からです。ある日の夜、友だちがこの男の家を訪ねて行きました。友だちは、男が真っ暗な家の中で裸で座っていたので、びっくりしました。

「着物も着ないで、どうしたのだ」と友だちがおどろいて聞きました。男は、

「明かりをつけると、油がいるから、倹約しているのだ」

① 「だろう」同「でしょう」，推測的用法。「と考える」同委婉表示「我認為應該是~」

と答えました。

「じゃ、どうして裸でいるのだ」

「着物がもったいないからだ」

「こんなに寒いと、風邪をひくぞ」

「いいや、風邪はひかない、それより、今、汗を流している」

「え、なんだって」

「俺の頭の上を見ろ。あれが、落ちて来ないか心配で、このとおり、冷や汗が流れるんだ」

と言うので、友だちは男の頭の上を見ました。そこには、大きい石がぶら下がっていました。

友だちは、男のやることに呆れて、もう家に帰ろうと思いました。そこで土間①へ出たのですが、真っ暗で履物がどこにあるのかわかりません。

---

①建築内，露出地表的空間。

「履物を探す間だけでもいいから、明かりをつけてくれ」

と頼むと、男はいろり②のそばに置いてあった薪を一本持って、友だちの後ろのほうへ来ました。そして、いきなりその頭を、薪で力いっぱい殴りました。

「ひゃっ、いたい！目から火が出た③」

「ほら、その火で、履物を探せ」

---

② 坑爐。室内地上圍出的四方形燒火用的坑爐。

③ 慣用句。「眼冒金星」的意思。

節儉的男子

某地有位凡事節儉的男子，他連放個屁，都覺得平白丟掉很可惜，就把屁裝入紙袋埋入田中，想著可以給田地添點肥料。

某天夜裡朋友上門拜訪這位男子，發現他赤裸坐在黑漆漆的家中。朋友驚問：「你衣服也不穿的，怎麼了？」

男子回答道：「點燈的話需要油，所以我就省下來了。」

「那，為什麼不穿衣服？」

「不能浪費衣服呀！」

「這麼冷，會著涼喔！」

「哪會感冒，你看我還流汗呢！」

「什麼？」

「你看看我頭的上方，我正擔心那傢伙會不會掉下來，直冒冷汗呢！」

朋友抬頭往男子的頭上一瞧，看到有顆石頭垂掛在那兒。

朋友受不了男子的行為，回過身想回家去。走到門口，黑漆漆地不知鞋子放哪兒。於是朋友就說：

「至少在我找鞋子時候，拜託你也點個燈吧！」

結果男子拿起一根坑爐邊的柴薪到朋友身後，突然用力往朋友的頭敲下去。

「唉呦！好痛！痛得我眼冒金星呀！」

「你就用那冒出來的金星的光亮去找鞋子吧！」

2

かずのこは雨にあてろ

かずのこは、にしんという魚の卵をからからに干したものです。ですから、これを食べる時には、まず一晩くらい水につけて、柔らかくしなければなりません。ところが、その食べ方を知らないお百姓さん[1]がいました。お百姓さんは町の乾物屋でかずのこを買って来て、そのまま食べようとしました。でも、硬くて食べられませんでした。

「やれやれ。変なものを買ってしまった。こんな

[1] 農民，從事農業的人。

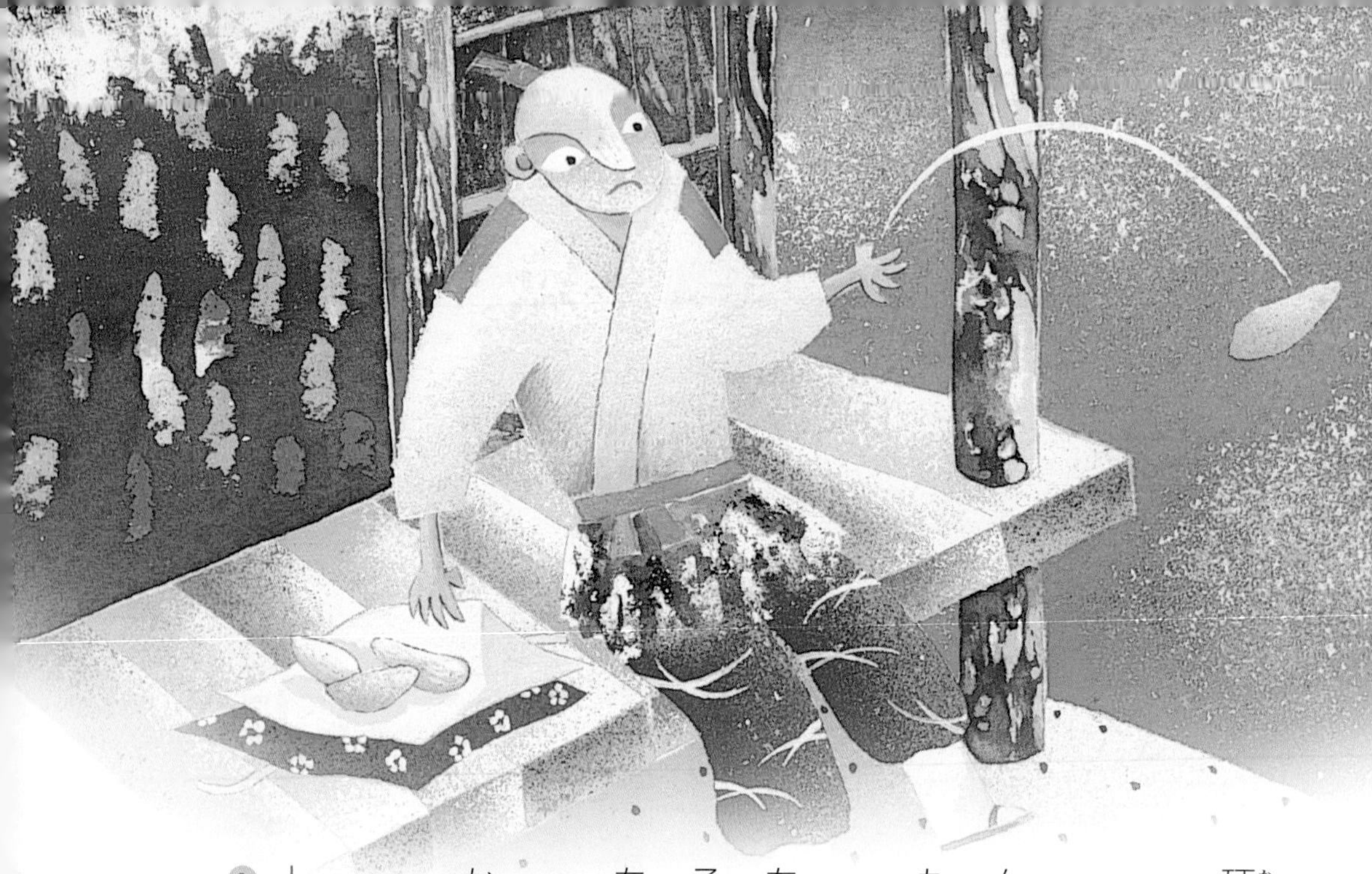

硬いものを食べて、歯が折れてしまったら大変だ」

そう言って、みんな庭へ捨ててしまいました。

ところがその日の晩、雨が降ったので、お百姓さんの捨てたかずのこは雨水を吸って柔らかくなりました。

翌朝、お百姓さんはもったいないと思って、それを拾い上げて、よく洗って食べてみました。すると、そのおいしいこと、おいしいこと。お百姓さんは手をたたいて、

「ははあ、わかった。かずのこは雨水にあてて①から食べるものなのだ」

---

①「雨水にあてる」（淋雨）

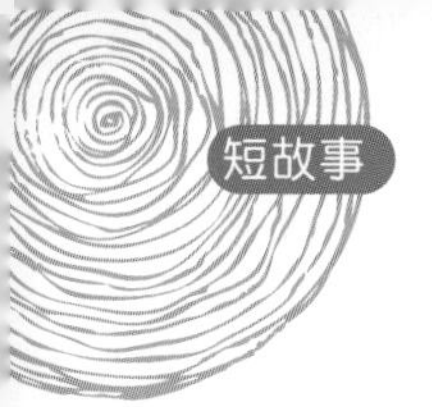

鯡魚子要淋雨

「鯡魚子乾」是由鯡魚的卵去曝曬而成的，因此要食用時，得先大約浸泡一晚，泡軟後再吃。然而有位不知道食用方式的農夫，從鎮上的乾貨店買來了鯡魚子乾，就想直接吃，但是卻太硬咬不下去，於是農夫說：「唉呀呀！我買了奇怪的東西。要是吃這麼硬的東西，弄壞了牙齒可就糟糕了。」說著，就把所有的鯡魚子往庭院一丟。

當天晚上下了場雨，鯡魚子吸收了雨水變軟了。第二天早上，起床的農夫覺得可惜，又把它撿起來仔細地洗乾淨嚐了嚐。嚐了之後，農夫拍手叫絕直說好吃！

他說：「哈哈！我知道了！鯡魚子就是要淋了雨再吃。」

3

赤ん坊になったおばあさん

ある所に、おじいさんとおばあさんがいました。ある日、おじいさんは山に柴を刈りに行きました。その帰り道、のどがかわきました。すると、岩の間からきれいな清水が湧き出ていたので、さっそく、手ですくって飲みました。

その水のなんとおいしいこと。冷たくて新鮮な水は、おじいさんのお腹に沁み込んでいきました。

「ああ、おいしい水だな、もう一杯もらおうか」

おじいさんはそう言って、また手のひらにす

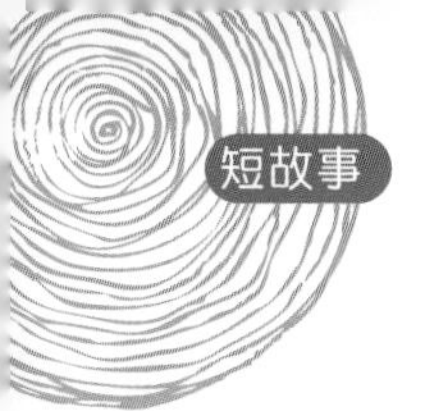

くって飲み、とてもいい気持ちで、家へ帰りました。

「おばあさん、今帰ったよ」

「おじいさん、お帰りなさい」

そう言いながら、戸を開けたおばあさんは、びっくりしました。柴を背負って立っているのは、毎日見るしわだらけのおじいさんではなく、髪の毛の真っ黒な、若者でした。

「あらぁ、どうしたの。あなたは、本当にうちのおじいさんですか」

「よそのじいさんが、うちへ来るはずがない。わしは、もちろん本物の、ここのじいさんだよ」

「なんでそんなに若くなってしまったの」

「さあな」

おじいさんも不思議になり、自分の手を見ると、なるほど、若者のようにしわのないつやつやの肌をしています。

「これはきっとあのきれいな清水のおかげだな。あれを飲んでから、体に力が出てきたようだ」と言って、おばあさんに昼間あったことを話しました。

おばあさんは、一生懸命、その話を聞いていました。そして、

「それじゃ、おじいさん。私もその清水を飲んで来る。清水はどこにある

の」

と言いました。おばあさんは、おじいさんから清水の場所をくわしく聞いて、急いで出かけました。ところが、何時間たっても、おばあさんは家に帰って来ません。

「どうしたのかなあ。おばあさん。山道で転んで怪我をしたのかな」

おじいさんは心配になり、ちょうちんをつけて、暗い夜道をおばあさんを探しに出かけました。そして、とうとう清水の湧いている所まで来た時、

オギャー、オギャーと泣いている赤ん坊を見つけました。

おばあさんは、欲張り過ぎて、若くなる清水をたくさん飲んで、赤んぼうに戻ってしまったのです。

「やれやれ、困ったおばあさんだ」

おじいさんは、文句を言いながら、赤ん坊になったおばあさんをおんぶして、山を下りたということです。

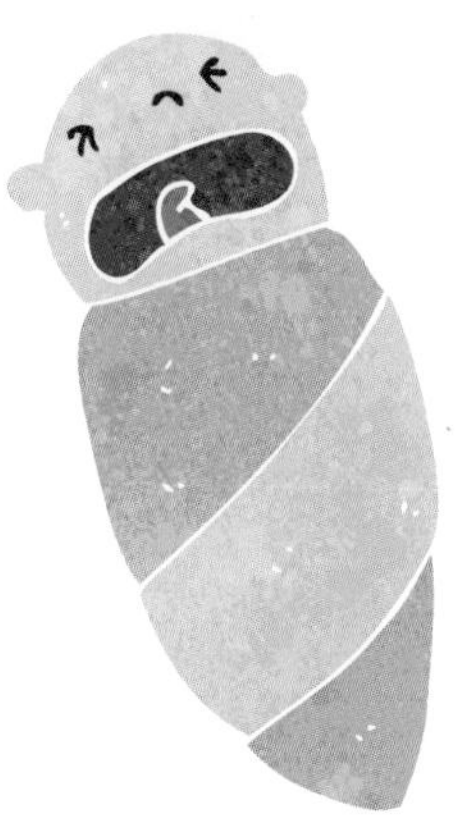

變成嬰兒的老婆婆

某個地方有位老公公與老婆婆，一日老公公上山砍柴，回家途中覺得口渴，他發現從岩石間，汩汩地湧現出清澈的水，他立刻手掬了一口喝下。那水真甘甜！沁涼心脾！

「啊！好甜美的水呀！再喝一口吧！」老公公說著又再掬起一口喝下，舒暢無比地回家了。

「老太婆我回來了。」

「老頭子，辛苦了。」老婆婆說著打開門，嚇了一大跳。揹著木柴站在那裡的人，並不是平日見到的滿臉皺紋的老公公，而是頭髮烏溜溜的年輕人。

「哎呀！老頭子呀！這是怎麼回事？您真的是我家的老頭子嗎？」

「別家的老頭子怎麼會來我們的家！我可是貨真價實這家的老大爺呀！」

「你怎麼變年輕了？」

「咦？」老公公也覺得很奇怪，看了看自己的手，發現皮膚就如年輕人般的光滑細緻。

「這一定是那清水的緣故！喝了那泉水之後，似乎身體就有力氣了。」於是他就將經過告訴了老婆婆。

老婆婆認真地聽了老公公的話，說：「那麼我也要去喝那清水。清水在哪裡？」

老婆婆仔細問清了清水的場所之後，就急

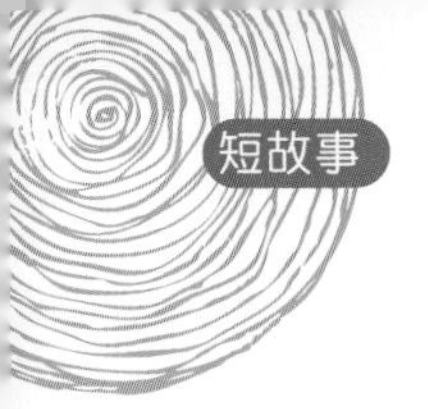

忙出門去了。可是，老公公在家等了許久，也不見老婆婆回來。

「到底怎麼回事？那個老傢伙！該不會是在山路跌倒受傷了？」

老公公點起燈籠，走著漆黑山路去找老婆婆。走到湧出清水的地方時，看到了哇哇大哭的嬰兒。老婆婆因為太過貪心，喝了許多返老還童的水，所以變成了嬰兒。

「哎呀呀！真是令人傷腦筋的老太婆呀！」老公公滿口抱怨，把嬰兒揹了下山。

2
かなしいうれしい

4

ある所に、吉よむさんという男の人がいました。ある年のお正月、吉よむさんは近所の人たちといっしょに、山へ木を切りに行きました。ここの山には、しいの木[1]がたくさんありました。

そこで、みんなは一生懸命に、しいの木を切りました、ところが、吉よむさんは、山へ来たのに、全然木を切ろうとしません。鎌を投げ出して、たばこを吸ったり、寝転がって空を見たりしていました。

そのうち、他の人たちはしいの木を切って、それを束ねました。そして、「吉よむさん、帰ろうか」と声をかけました。すると、吉よむさんは、「お前たち、そんなしいの木を持って帰るつもりか」と、呆れた顔で言いました。

「なんで、そんなことを聞くのか」

近所の人たちは、吉よむさんの質問を

[1] 椎木樹。石櫟樹，常綠喬木，初夏開花，果實可食用。

変だと思って尋ねました。吉よむさんは、

「しいの木は、かな『しい』といって、とっても縁起が悪いものだぞ。それに、今は正月だ。しいの木を持って帰るのは、よくない」と言いました。

「そりゃあ、いやな木だな」

村の人たちは、一生懸命に切って束ねたしいの木を、肩からおろして、別の木を切り始めました。すると、吉よむさんは、みんなが捨てたしいの木を拾い集めて、一人で持って帰ろうとしました。近所の人たちはびっくりして、

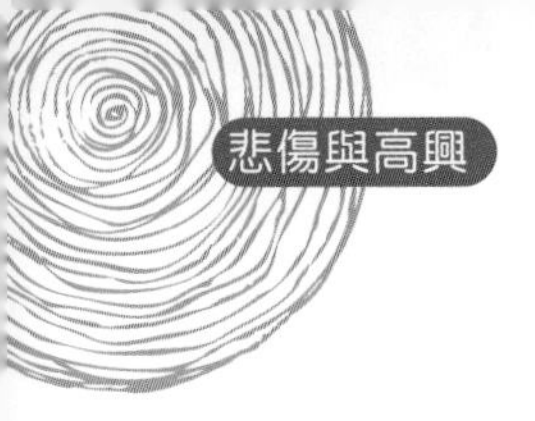

「こら！吉よむさん。お前、今、しいは『かなしい』と言って、たいへん縁起が悪い、持って帰らないほうがいい、と言ったじゃないか」

と、とがめました[1]。

「いいや、このしいの木は、ちょっと違うぞ。これは、うれ『しい』と言って、たいへんいいものだ。それに今は正月だ。とても縁起がいいんだ」

と、吉よむさんは平気な顔をして、帰ってしまいました。【大分県のお話】

[1] とがめる（責備）

悲傷與高興

某處有位叫作吉優畝的男子。某年正月，吉優畝與附近鄰人一同上山砍柴，這裡的山上長著許多椎木樹。

大伙兒在那兒拼命地砍著椎木樹，吉優畝上了山，可是他一點都不想去砍，把鐮刀丟在一旁，在那兒抽抽菸，躺著看看天空。

他偷閒時，其他人拼命地砍著椎木樹，捆成一把把的，然後對吉優畝說：「吉優畝！回家吧！」

這時吉優畝露出一臉驚訝的表情說：「你們真想把那種椎木樹帶回去嗎？」

鄰人們覺得他問得很奇怪，便問道：「為什麼這麼問？」

吉優畝說：「椎木樹的發音與悲傷的尾音相同，是非常不吉利的東西。更何況現在正值正月，把椎木樹帶回去可不妙！」

「那麼，那還真是討人厭的樹呢！」

於是村人們將拼命砍下來的椎木樹，從肩膀上卸下來，又開始砍別的樹。這時吉優畝便把大家丟棄的椎木樹拾集起來，一個人揹著就要回家。

鄰人們嚇了一跳，責問他：「喂！吉優畝，你剛剛不是說椎木樹的尾音和悲傷的尾音相同，是不吉利的，最好不要帶回家。不是嗎？」

「哪兒的話！這個椎木樹有點不同，這個是和高興的尾音相同，是很好的。更何況現在是正月，這正是吉利呀！」吉優畝說著就毫不在意地回去了。

3 臼杵のうなぎ

5

ある日、吉よむさんは、大きなびくを持ってうなぎ釣りに出かけました。ところが、ぜんぜん釣れません。

「もうちょっと川上に行けば、釣れるだろう」と吉よむさんは思いました。

そこで、吉よむさんは川上へ上って行きましたが、いつの間にか、竹田の殿様の領地に入ってしまいました。実は、吉よむさんは臼杵という殿様の領地の人なのです。

そして、よそ者の吉よむさんがうなぎを釣っているのを竹田の殿様の家来たちが見つけてしまいました。

家来の武士たちは「あの男は、臼杵の吉よむだ。あのうなぎを没収しよう。」と思いました。

心の良くない武士たちですから、偉そうな態度で、吉よむさんに言いました。

「おい、お前は臼杵領の吉よむだろう。どうして、俺たちに許可をもらわないで、竹田でうなぎを釣っているんだ。うなぎを全部返せ。」

武士たちは怖い顔をして、手を吉よむさんの目の前に出しました。

すると、吉よむさんは武士たちに言いました。

「変なことを言わないでください。臼杵の野津市では、わたしの名前を知らない人はいないんですよ。わたしがよそのうなぎを盗むはずがないでしょう。」

武士は怒って、

「うそを言うな。わたしたちは、お前がここでうなぎを釣っているのをずっと見ていたんだ。」と言いました。

吉よむさんは、

「いいえ、ここで釣っていますが、釣ったうなぎは竹田領のじゃありません。川下の臼杵領から大きなうなぎが二、三百匹川を上って来たから、私はそれを釣っているんです。」と答えました。

ちょうど、その時、大きなうなぎが釣れました。

「このうなぎは見たことがある。これはきっと臼杵領のうなぎだ。」と吉よむさ

んは言って、びくに入れました。その後すぐに、今度は、小さなうなぎが釣れました。

「わあ、なんて小さいうなぎなんだ。見たことがないうなぎだ。臼杵の方から上って来たということは、臼杵領のえさを食べたんだろう。この泥棒うなぎ。今日は許すが、これからは絶対するな。」

と吉よむさんは言いながら、小さなうなぎを川へ戻

しました。

吉よむさんは、その後も、大きなうなぎが釣れると「臼杵領のうなぎだ」と言ってビクに入れて、小さなうなぎが釣れると「竹田領のうなぎだ」と言って川へ戻しました。

武士たちは呆気にとられてしまって、何も言うことができないで眺めているだけでした。

吉よむさんはうなぎをいっぱい釣りました。そして、重そうなビクを下げて家へ帰って行ったそうです。【大分県のお話】

臼杵的鰻魚

有一天吉優畝提著大大的魚籠出外釣鰻魚，卻不知為何一條也沒釣到。

他心想，「再稍微往上走的話，應該就可以釣到吧！」於是他朝上游直去，不知不覺進入了竹田大人的領地了。其實吉優畝是臼杵大人領地的人。竹田大人的家臣發現了吉優畝正在釣魚。

「那傢伙是吉優畝嘛！（走！）我們去沒收他的鰻魚。」

壞心眼的武士，態度傲慢地對吉優畝說：「喂！吉優畝，你不是臼杵領地的人嗎？你沒有我們的允許，怎麼可以在竹田領地釣鰻魚？鰻魚全還給我們！」武士滿臉猙獰地將把手伸到吉優畝面前。

吉優畝對武士們說：「您別淨說些奇怪的話！我是吉優畝，在臼杵野津市沒有人不認識我，我怎麼會偷釣別人領地的鰻魚！」

武士怒罵：「你說謊！我們從剛才就確確實實看見你在這邊釣魚！」

「哪兒的話！我是在這邊釣魚，但是釣的可不是竹田領地的鰻魚！是因為有兩三百條大鰻魚從下游的臼杵領地游到了這兒，我正在釣那些大鰻魚。」說著說著大鰻魚上鉤了。

吉優畝說：「我見過這條鰻魚，這一定是臼杵領地的鰻魚沒錯！」說著就將鰻魚放入魚籠裡。不一會兒，又釣到了小鰻魚。

「哇！多麼小條的小鰻魚啊！我對你一點印象也沒有。你從臼杵那兒游上來的，看來你是吃了臼杵領地的食餌？你這鰻魚真是個小偷

啊！今天我就原諒你，下次我可絕不放過你！」說著就把牠放回河裡。

之後，吉優畝如果釣到大鰻魚，就說這是臼杵領地的魚，放入魚籠裡。如果釣到小鰻魚就說是竹田領地的魚，放回河裡。就算是壞武士們也無言以對，只能瞠目結舌地看著。

據說吉優畝盡情地釣完後，就提著沉重的魚籠回去了。

4 たぬきの巣(す)

6

権作は、東村でいちばん賢い人でした。喜助は、西村でいちばん頭がいい人でした。ある日、この二人が道でばったり[1]出会いました。

「こんにちは」

「こんにちは。今日は本当にいいお天気ですね」

二人は、あいさつしました。

「ところで、権作さん」と、喜助が言いました。

「今日、うちの田の中に住んでいるたぬきの頭の上に、からすが巣を作っていましたよ」

「やあ、喜助さん。いくらわしが頭が悪くても、そんなばからしい話を信じるほど、頭が悪くはないですよ」

「それなら、もしこの話が本当だったら、どうしますか」

「もし本当だったら、うちの子馬を八ひき、あなたにあげ

[1] 副詞。突然相遇的意思。

ましょう」

そこで、二人は喜助の田んぼへ行きました。田んぼの中には木が一本生えていて、そのてっぺんに、からすが巣を作っていました。権作はそれを見て、

「喜助さん、たぬきはどこですか」と、聞きました。

「ほら、そこに。田の木のあたまで、からすが巣を作っているでしょう。どうです。さあさあ、子馬を八ひき、もらいましょう」

すると、権作は「ここにはいないから、うちへ来てください」と言いました。

権作は喜助を、自分の家へ連れて行きました。そして、家の裏から、役に立たない、ひょろひょろ①の痩せた馬を引っ張って来ました。

---

① 副詞。孱弱的樣子。

「はい、子馬はちひきです、受け取りなさい」

「うそだ。これはただのいっぴきだ」

「いや、しっぽを見てごらん。はち（鉢）を引いているでしょう。だから子馬**はちひき**、だ」

よく見ると、なるほど、痩せ馬のしっぽには、からの植木ばちがひもで結び付けてあって、馬がこれを引きずっていました。

喜助は、あきらめて、手綱を受け取り、

「こんな痩せ馬、役に立たないし、えさをやらなきゃいけない」

と、くやしそうに言いながら、帰りました。

【佐賀県のお話】

狐狸的巢穴

權作是東村最有智慧的人，而喜助是西村最有智慧的人。某天兩人在路上不期而遇。

「您好！」

「您好！今天天氣真好呢！」兩人互相寒喧。

喜助說：「話說，權作呀！今天我家田裡，烏鴉在狐狸的頭上築巢喔！」

「唉呀！喜助，不管我多傻也不會笨到相信那樣的事。」

「那麼如果是真的話，要怎麼辦呢？」

「如果是真的話，我給你小馬八匹。」

於是兩人就一起去到喜助的田裡。田裡長著一棵樹，樹頂端烏鴉正在築巢。

權作四下張望，問道：「喜助先生！狐狸在哪裡呢？」

「你看！那兒田裡的樹顛上①，烏鴉正在築巢呢！如何？快給我小馬八匹吧！」

「這兒沒有馬，請跟我回家牽馬吧！」權作帶喜助往家裡走。權作從屋後面牽了一匹派不上用場、步履蹣跚又瘦弱的馬出來。

「喂！小馬拖著缽，請接受。」②

「你說謊！這只有一匹馬而已！」

「不，你瞧瞧牠的尾巴，不正拖著缽嗎？所以我才說小馬拖缽呀！」

喜助一看，原來如此，瘦弱小馬的尾巴用繩子綁著空的木缽拖著。

喜助沒有辦法，牽了鞍繩不甘心地說：「這般瘦弱的馬，不但沒有用，還得給牠吃糧草。」說著便回家去了。

① 譯註：「田裡的樹上」的日文發音音類似「狐狸」

② 譯註：「小馬拖著缽」的日文音同「小馬八匹」

5
氏神さまと大蛇

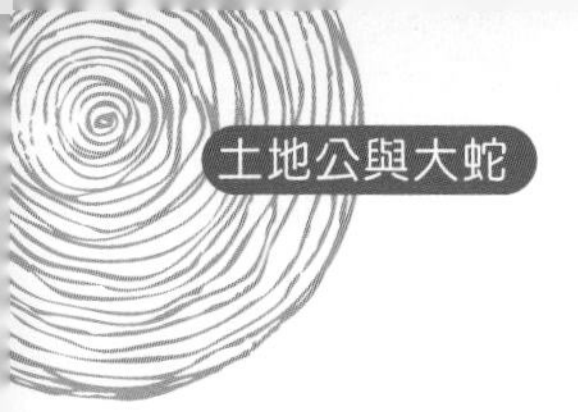

7

昔、肥後の国[1]の王水村の尾田という所に、一ぴきのびっくりするくらい大きい大蛇がやって来ました。大きな体で、田畑の上を這いまわり、作物は押しつぶれて、めちゃくちゃにされました。鶏や牛、馬は次から次へと食べられてしまいました。

お百姓さんたちは、心から困ってしまいました。けれども、とにかくとても大きな大蛇なので、人間の手では追い払うことも、殺すこともできません。みんな、ただ怖がって、逃げたり隠れたりするだけでした。

ところで、大蛇のほうは、この土地がとても気に入りました。なぜなら、邪魔をする者は誰もいないし、何でも自分の思うままなのですから。大蛇は、ここにずっと住むことにしました。

そのために、まず、住み家にする池を作らなければなりません。大蛇はさっそく、池を掘り始めました。しかし、大蛇の住み家は、九十九か所が折れ曲がった池でな

1 現今的熊本縣。

ければならないのです。しかも、作り始めたら、夜が明ける前に完成しなければなりません。大蛇は、一生懸命掘りました。

ところで、もしこの池が完成したら、この土地に住む人間たちはどうなるのでしょう。このあたりの十か村には、人が住めなくなってしまいます。人々はどうしたらいいか、おろおろ、まごまご①するばかりでした。この時、十か村の氏神さまが、この人間たちをかわいそうに思い、助けてやろうと考えられました。

その頃、大蛇の池を掘る仕事は進んでいました。大蛇は、あともう一曲がりで完成だ、と力を出してがんばりました。そして、最後の九十九曲がりを作るところまで来ました。

その時、氏神さまが天まで届くような大きな姿で現れ、その

---

①副詞。不知如何是好。閒蕩

大きな大きな足で、大蛇がせっかく作った池を踏みつぶしてしまいました。

大蛇は怒って、氏神さまの大きい足を押しのけようとしました。ところが、大蛇がいくら押しても、しっぽでたたいても、氏神さまは平気です。びくともしません②。

そのうち、夜が明けました。とうとう、最後の九十九曲がりはできませんでした。大蛇はあきらめて、もともと住んでいた山に帰って行きました。怖いものなしだった大蛇も、大きい姿の氏神さまを恐れ、それから二度と村には現れませんでした。

でも、大蛇があの時、一生懸命掘った跡は、そのまま後世まで残って川になり、今でも尾田の九十九曲がりと呼ばれています。【熊本県のお話】

---

② 「びくともしない」（一動也不動）

土地公與大蛇

從前有一條大到令人吃驚的大蛇，來到了肥後國王水村的尾田這個地方。大蛇龐大身軀在田裡爬來爬去，農作物都被壓毀，搞得亂七八糟的。雞、牛、馬呀！左一個右一個全被吃個精光。

農人們都大傷腦筋，但是那可是條龐然大蛇，凡人的手既無法趕走牠，也無法制伏牠。大家只能怕得逃的逃，躲的躲。

然而，大蛇卻非常喜歡這個地方。反正也沒有誰會來故意找牠麻煩，都任憑牠為所欲為，便決定永遠住在這裡。

因此，大蛇得先做個棲身的池塘，牠立刻挖起了池子。只是大蛇的住家得要是個九十九

個彎的池塘不可。而且，如果一開始做，就得趕在黎明前完成！

大蛇拼命地挖。然而，如果池塘完工了，人們會如何呢？附近十個村的人就根本無法再住下去了。

大伙都不知該如何是好，只能惶惑不安，倉皇失措。這時，十個村莊的守護神土地公憐憫這些人，想幫助他們。

那時，大蛇的工作進展很順利，再繞一個彎就完成了，於是牠卯足力氣開始做最後的第九十九個彎。

就在這時，土地公現出通達天庭的龐大身軀，用祂那雙巨大的腳，把池塘踹毀。

大蛇很生氣，想把土地公巨腳推開。但是無論怎麼推，或用尾巴拍擊，土地公都無動於衷，一動也不動。

就在此刻天亮了，大蛇終究沒能完成九十九個彎，沒辦法只好放棄，回到原來的山中住家去了。天不怕地不怕的大蛇，或許是因為畏懼土地公，就再也沒有在村裡出現了。

但是，大蛇所挖的遺跡，就原原本本遺留到後世變成了河，現在被稱作「尾田九十九彎」。

中篇

6 河童（かっぱ）の銭（ぜに）

8

昔、江戸の麹町という町に、十兵衛という人がいました。十兵衛さんはこの町で、子供が大好きなお菓子の飴を売っていました。

ある日の夕方、もう買いに来る子もいないだろう、そろそろ店を閉めようかと思っていた時、小さな男の子が一人、店の前にいるのが見えました。男の子は、店に並んでいるのを、食べたそうに見つめていました。古くて汚れた服を着て、だいぶ貧しい家の子のようです。

飴が食べたいのにお金がなくて買えないのだろう、と思い、十兵衛さんは、その子がかわいそうになりました。そこで、飴を一本、箱から出して、

「これをあげるよ」

と、男の子に渡しました。

男の子は、ぺこんと1頭を下げて、「ありがとう」とも言わないで、道を走って行きました。

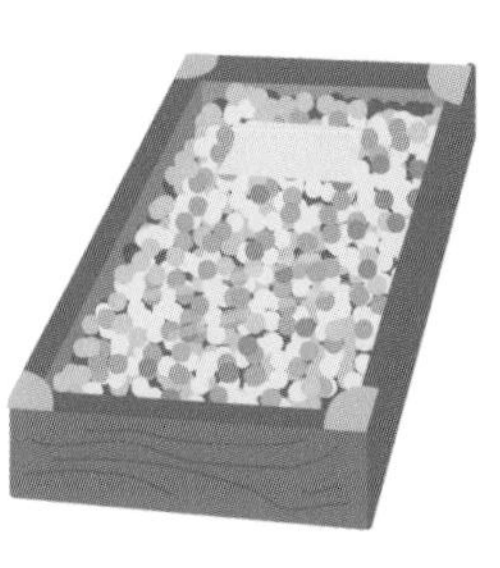

1 副詞。迅速低下頭的樣子。

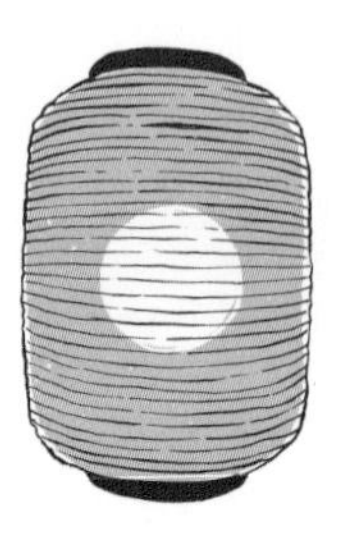

今と違って、あんどん①を使っていた時代のことです。夕方の空は暗く、男の子の顔も表情も、あまりはっきりと見えません。十兵衛さんは、これまで見かけたことがない、少し不思議な子だなと思いました。

ところが、次の日、外が暗くなってから、またその男の子が店に来ました。そして、欲しそうに飴の箱を、また見ました。やさしい十兵衛さんは、今日も一本、飴を出して、その子にやりました。男の子は昨日と同じように、頭を下げただけで、走って行ってしまいました。

次の日も、次の日も、毎日、同じ時に、その子はやって来ました。十兵衛さんは、毎回、飴をあげました。

「親のいない、かわいそうな子供かもしれない。飴の一本くらい、わしが食べたと思えば、かまわないさ」

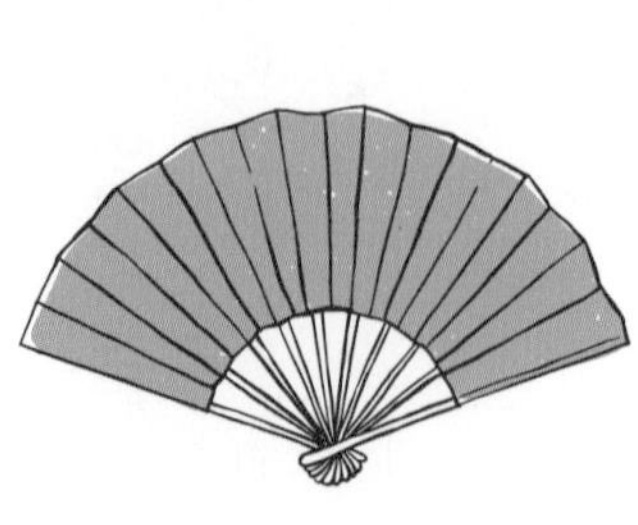

---

① 木製紙燈，中間放油盤的照明工具。

十兵衛さんはそう思いました。けれども、男の子が今まで一言もしゃべらず、態度も少し変なので、十兵衛さんは気になりました。

「そうだ、今度、あの子の後をつけて②みよう」

ある日の夕方、十兵衛さんは、男の子の後をこっそり追いました。男の子は、暗くなってきた道を、ちょこちょこ③速足で歩いていきます。そして、坂を下りて、江戸城のお堀に来ました。

「え?この辺りに、家はないはずだけど…」

十兵衛さんがそう思っていた時、男の子はあっという間に、堀の水の中に飛び込

② 「あとをつける」（慣用語，跟蹤）

③ 副詞。小步快走的樣子。

みました。そして泳いで、水の中に潜り、水の中に消えて行きました。十兵衛さんはびっくりして、それから体が震えました。

「あ、あの子はお堀の水の中に住む河童なんだ！」

その頃の人々は、河童は大きな牛や馬でも水の中に引っ張る妖怪だと言っていました。十兵衛さんは怖くなって、急いで家に帰りました。

そして、次の日から、男の子は十兵衛さんの店に来なくなりました。十兵衛さんは、なんだか寂しくなって、

「もう来ないのかなあ。後をつけなければよかった」

と少し後悔しました。すると、しばらくして、その子がまた店にやって来ました。でも、やっぱり何も話しません。十兵衛さんが近づこうとしたら、飴の箱の傍に何かを置いて、さっと走って行きました。

男の子が置いて行ったのは、今まで十兵衛さんが見たことがない一文銭でした。

「これは、珍しい銭だ。きっと、飴をもらったお礼なのだろう。かわいいことをする河童だなあ。今度来たら、飴をもっとたくさんやろう」

こうして、十兵衛さんは河童の男の子を毎日待ちました。けれども、とうとう来ませんでした。十兵衛さんは、男の子が持って来た銭に、「河童銭」という名前をつけました。そして、その後もずっと大事に持っていました。

河童的錢

從前在江戶的麴町，有位賣糖果的人叫做十兵衛，在鎮上賣小孩最喜歡的糖果。

某日傍晚，十兵衛心想「大概沒有小孩來買糖了，收拾收拾吧！」這時有個小男孩一個人站在店前，盯著店裡擺的糖果，一副很想吃的樣子。他穿著又舊又髒的衣服，看來似乎是相當貧窮人家的小孩。

十兵衛心想，那小孩大概是想吃糖，卻沒有錢買。於是就可憐起那小孩，從木盒裡拿出一根糖說：「這個給你。」

男孩倏地低了個頭，不道謝就跑走了。當時和現在不同，那是點油燈的年代。黃昏時分四周昏暗，男孩的面貌、表情都看不清楚。十

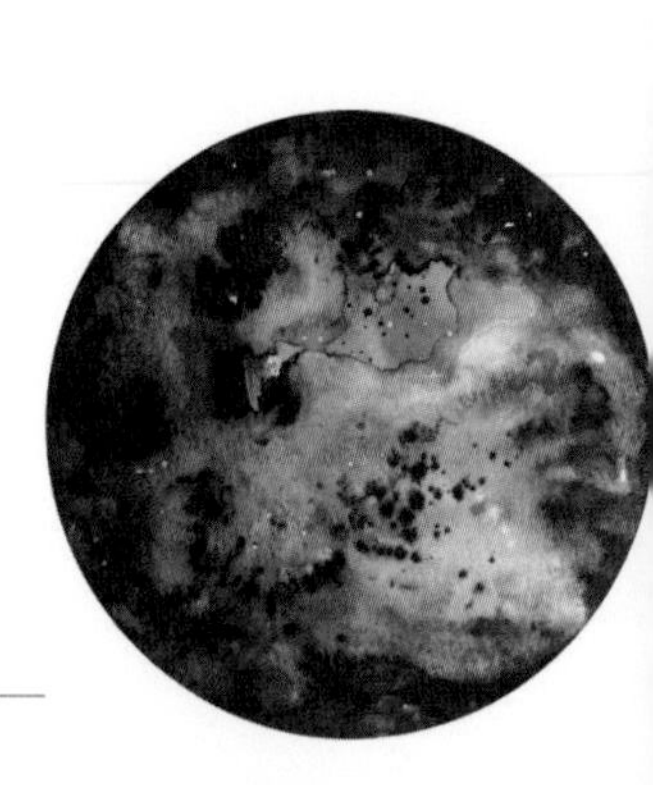

兵衛只是覺得那是個未曾見過的奇怪小孩。

然而，第二天外面天色一暗，那個孩子又來了，而且一副很想吃糖的模樣，盯著糖果盒。親切的十兵衛，又拿了一根糖給他。男孩和昨日一樣，低了個頭又跑走了。隔日也是，再隔日也是，每天一到同一時刻，那個小孩就來店裡，十兵衛每次都拿糖給他。

「或許是個沒爹沒娘的可憐孩子，只是（給他）一根糖，就當做是我自己拿來吃掉好了。不礙事！」但是十兵衛見那男孩一句話也不說，心裡總覺得他那樣子怪怪的。

「對了！我偷偷跟在他後面去看一看好了。」

有一天黃昏，十兵衛就偷偷地跟在小孩後面。小男孩沿著逐漸昏暗的道路小步快走，來到江戶城的護城河邊。

十兵衛心想：「這一帶應該沒有房子啊！」剎那間撲通一聲，小孩跳進了護城河，游潛一陣後就在水中不見蹤影了。十兵衛看了驚嚇得直發抖。

「啊！那孩子是住在護城河的河童！」

當時的人都說河童是會把龐大的牛、馬拖入水裡的妖怪。十兵衛害怕了起來，就匆忙逃回家去了。

第二天起，那男孩就不再到十兵衛的店裡了。可是這麼一來，十兵衛總覺得有些落寞，他後悔地心想「那男孩不來了呀！要是不要跟蹤他就好了。」

過一陣子，小孩來了。那男孩依舊沉默不語。十兵衛想靠近他時，那男孩不知在糖果盒旁邊放了什麼，就立刻轉身跑走了。

男孩放著的是一枚十兵衛從未見過的一文錢。

「這是一枚很奇特的錢幣，一定是打算當作拿糖果吃的謝禮。舉動好可愛的河童啊！下次再來的話，我要給他更多的糖果。」

十兵衛每天等待著，但是從那天起，河童就再也沒出現了。十兵衛把那男孩帶來的錢幣取名為河童錢，從此很珍惜地收藏著。

7 ほらくらべ

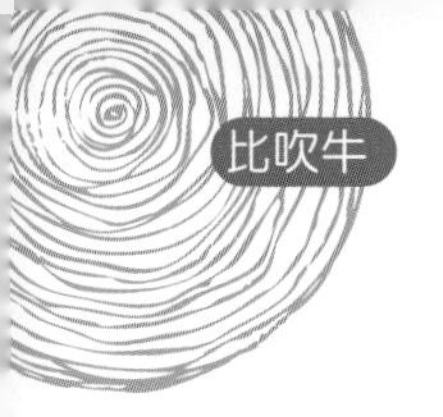

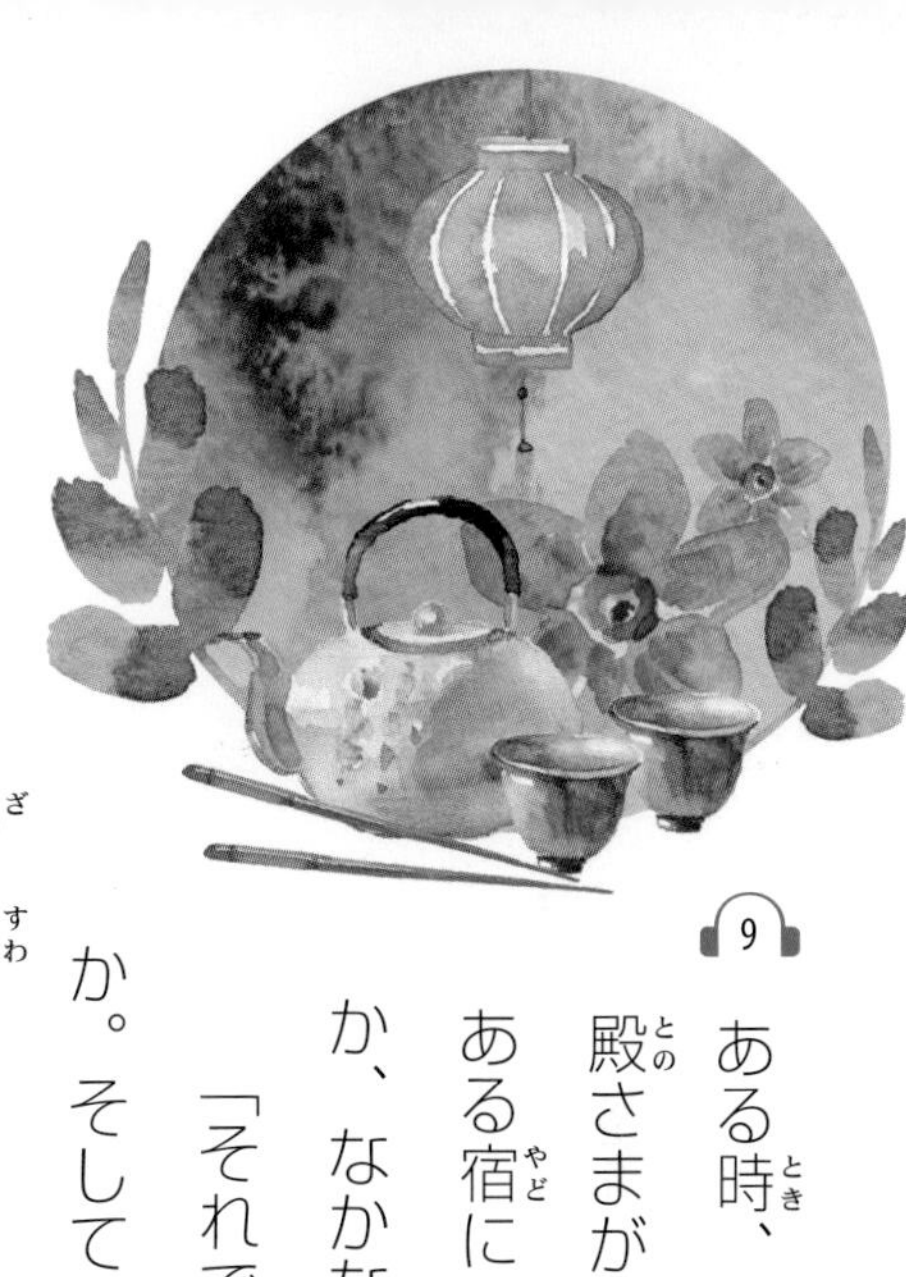

9

ある時、肥後の国の殿さまと、薩摩の国の殿さまと、美濃の国①の殿さまが、いっしょにお伊勢参り②に行きました。三人は、伊勢にある宿にいっしょに泊まりました。でも、誰がいちばん上座に座るか、なかなか決められませんでした。

「それでは、何でもいいので、大きな話をしてくらべてみませんか。そして、三人の中でいちばん大きい話ができた人が、いちばん上座に座ることにしましょう」

と、三人の中の一人が言いました。そこで、話くらべをすることになりました。すると、今度は、だれがいちばん先に話を始めるかが、決められません。

「さあ、あなたから」「いいえ、あなたからどうぞ」と言って、三人ともなかなか話を始めようとしません。これではしかたがない、じゃあ、くじで決めようというこ

---

① 肥後の国（現在的熊本縣）；薩摩の国（現在的鹿兒島縣）；美濃の国（現在的岐阜縣）

② 指參拜伊勢神宮。

とになり、宿の女中さんを呼びました。女中さんは「はーい」と返事をして、上に上がって来ました。

「これから、我々は話くらべをしようと思っているけど、いちばん先に話す者がいない。お前、くじを三本作ってくれ」

女中さんは一度部屋を出て、紙でくじを三本作って戻って来ました。

「さあ、お客さま、できました。ひいてください」

すると、また殿さまたちは

「あなたから」「いや、あなたからどうぞ」

と言って、なかなかくじをひこうとしません。とうとう「それじゃ、わしが先にひきましょう」

と言って、肥後の殿さまがまず最初にひきました。

「どっこい」

と言って、くじを1本ひいて、開けてみると、三番くじでした。次に薩摩のさまがひくと、一番でした。

「美濃の殿さまはひかなくても二番だ。では、薩摩の殿さま、あんたが一番だから、さあ、お話を始めてください」

と、肥後の殿さまが言いました。そこで、薩摩の殿さまが話しました。

「薩摩には、大きな物は何もありませんが、大きなくすのきが一本あります。中がうろ（洞）になっていて、その広さはたたみ百枚分くらいあります」

「そりゃあ、大きいなあ」

と、二人の殿さまはほめました。次は、美濃の殿さまの番です。

「美濃の国には、大きいというほどのものは何もありませんが、ただ大きな牛が一匹おりますよ」

「その牛の大きさは、どのくらいですか」

「その牛は、美濃の国から首を伸ばして、近江の琵琶湖の水を飲み干せる牛です」

「そりゃ、とても大きな話だなあ」

薩摩の殿さまも、肥後の殿さまも、びっくりしてし

まいました。肥後の殿さまは、前の二人が大きな話をしたので、自分はいったいどんな話をすれば一番になれるだろうかと、一生懸命考えました。二人の殿さまは、「さあ、さあ、どうぞ」と肥後の殿さまが話し始めるのを待っています。そこで、肥後の殿さまは次のような話を始めました。

「私の国には、何も大きな物はございませんが、二本杉という杉の木がございます」

「その二本杉は、どれくらいの大きさですか」

「その二本杉は、たった二、三年で、雲を突いて落とすくらい、すごい勢いで伸びています」

「その二本杉は、何のために、そんなに長く高く伸びているんですか」

と、聞きました。肥後の殿さまは、

「薩摩の国のくすのきを切って胴にします。美濃の国の牛の皮を使って、太鼓にします。う

ちの二本杉は、その太鼓を打つばち①になるために長く高く伸びているんですよ」と言いました。結局、肥後の殿さまが、いちばん上座に座ることになりました。それからも肥後の殿さまは、薩摩と美濃の殿さまより上座に座り続けたということです。

【熊本県のお話】

① 擊打太鼓或銅鑼等樂器的棒狀工具。

比吹牛

有一天，肥後國城主和薩摩國城主，及美濃國城主相伴去朝拜伊勢神宮，三位就投宿伊勢的某間客棧。然而，三人難以決定到底誰該居上座。

「那麼，什麼都行，我們來比說大話、吹牛，三人之中最會吹牛的人就居上座吧！」其中一位說著。於是三人就決定比吹牛。然而，到底誰先說呢？又決定不下了。

「你先來吧！」

「不！你先！」

三個人這麼推讓著，都不想先說。最後沒辦法，只好決定用抽籤來定順序。於是就叫客棧女侍來。女侍答聲：「好！」便上來了。

「我們待會兒想來比吹牛，但是沒有人想先說。你去幫我們做三支籤來。」

女侍退下後，用紙搓成細細的長條，做了三支籤來。

「客人，籤做好了，請各位抽。」

於是城主們又說：「你先來」

「不！你先來！」三人互相推讓，誰也不想先抽。

終於肥後國城主說：「那麼，我先抽了。」

「抽個好籤！」城主說著抽了籤，打開一看，是三號籤。接著是薩摩城主抽，是一號籤。

肥後城主說：「美濃城主不用抽也是第二

號。薩摩城主，你抽的是一號，請說吧！」

於是薩摩城主就說了：「在薩摩沒有什麼大的東西，只有一棵大樟樹，樟樹裡有一個洞，寬有一百個榻榻米之大呢。」

「那可真是大呀！」兩位城主都讚嘆著。

接著輪到美濃城主。

「在美濃地方沒有什麼可稱為大的東西，但是，只有一頭大牛。」

「牛有多大呢？」兩位城主問。

「那隻頭牛從美濃國伸長脖子，可以一口喝乾近江的琵琶湖水！」

「那可是了不得的大話呢！」薩摩城主和肥後城主也都嚇了一跳。

肥後城主拼命地想，大家都說了大話不打草稿，自己該說什麼才能拔得頭籌呢？

兩位城主催促說：「快點說吧！」

於是肥後的城主就開口說了。

「肥後國裡沒有什麼大的東西，但是有一棵叫做雙杉木的杉樹。」

「那棵雙杉木有多大？」

「那棵雙杉木，長得非常快，兩三年就長高到穿過雲層。」

「那麼，那棵雙杉木為什麼要長那麼高？」

肥後城主說：「把薩摩的樟樹砍下當鼓身，再貼上美濃國的牛皮做成太鼓，那棵大樹是為了要做成打那個太鼓的鼓棒，才長這麼高的啊！」

最後，肥後城主便坐上最上座。從此之後，總是肥後城主一直坐上座。

8 あずけた十両

10

昔、旅をする薬売りがいました。ある日、宿屋に泊まって、商売に出かけようとした時、宿の主人が

「薬屋さん、山の向こうの村へ行くんですか。だったら、お金を持って行かないほうがいいですよ」と、言いました。

「なぜですか」

「実は、あの村へ行く道では、このごろ、おいはぎ[1]が出ます。そんな怖い者たちに出会ったら、あなたの着物もお金も全部とられてしまいますよ。お金なら、私の所であずかってあげられますから、そうしたらどうですか」

宿屋の主人は、とても親切そうに言いました。薬売りは喜んで、

「では、すみませんが、お願いします。明日、戻りますから」

と言って、売り上げの十両が入った財布を、宿屋の主人にあずけて、出かけて行きました。

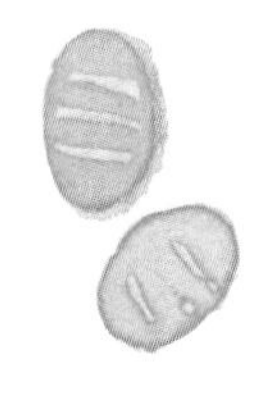
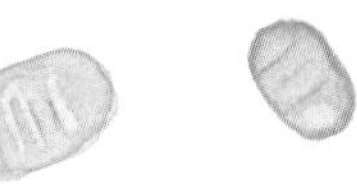

1 路上打劫的強盜。

薬売りは、運よく、おいはぎには出会いませんでした。商売もうまくいき、次の日に元気に宿屋へ戻ってきました。

ところが、財布を返してくれと言うと、宿屋の主人は、

「あんたの財布なんか、あずかっていない。そんなことを言って、私からお金を騙し取るつもりか。悪い奴だ」

と怒り、薬売りを殴って店の外に追い出しました。この宿屋の主人は力が強く、大男でした。いつもこんなふうにして、旅人からお金を騙し取っていました。

薬売りは大切なお金を取られてしまい、どうしたらいいかわからず、道端に立っていました。すると、そこへたいへん知恵のある、彦市という男が通りました。

彦市は、薬売りの様子がとても悲しそうだったので、「どうかしましたか」と声をかけました。薬売りはわけを話しました。

「それは、ひどい目に遭いましたね。よし、私がそのお金を取り返してあげましょう」

彦市は、道端の木の下で、しばらく何かしていましたが、「さあ、いっしょに行きましょう」と、薬屋といっしょに、宿屋の前まで来ました。

「私が、『えへん』と、せきばらい[1]したら、あなたは店の中に入って来てください。そして主人に向かって、あずけたお金を返してくれ、と言ってください」

彦市はそう言って、宿屋の中へ先に入って行きました。薬売りが店の外で待っていると、「えへん」という彦市のせきばらいが聞こえました。薬売りは宿屋の中へ飛び込んで行きました。

「あのう、私が昨日あずけたお金を返してください」

---

1 「せき払いする」（故意咳嗽）

また殴られたらどうしよう、とびくびく①しながら、こう言いました。ところが、宿屋の主人はちょっと苦い顔をしましたが、やがて、さっきとは全然違う親切な態度で、

「おや、薬屋さん、さあ、どうぞ、お受け取りください」

と、すぐ財布を持ってきました。薬売りは大喜びです。中のお金を調べた後、急いで外へ飛び出しました。すぐ、彦市も追いついて来ました。

「どうですか、薬屋さん、うまくいったでしょう」

「あなたのおかげで助かりました。こんなうれしいことはありません。でも、あの欲張りの主人が、どうしてすぐにお金を返してくれたのですか」

「あっはっは。あの主人、欲張りだから返したんですよ。実は私が百両あずけたんです」

「え！百両も！」

---

①「びくびくする」（恐懼不安、害怕的樣子）

「そうですよ。百両を主人に渡す前に、あなたが入って来て、あずけたお金を返してくれと言ったんです。もしあなたに返さなかったら、私が百両をあずけるのをやめるかもしれない。主人はそう考えて、慌てて、あなたの財布を返したんですよ」

「なるほど。そうでしたか。いやあ、本当に助かった。ありがとうございました」

薬売りは、彦市の知恵に感心して、何度もお礼を言いました。

「でも、あなたのあずけた百両は、いったいどうするつもりですか」

「ご安心ください。道端の小石を財布に詰めて、固くひもでくくって、主人にあずけたんです。今頃はあの欲張り主人、ひもをほどいてみて、くやしがっているでしょう。はっはっはっは」

彦市は、本当に面白そうに笑いました。【熊本県のお話】

寄放的十兩錢

從前有位走江湖的賣藥郎，某日他投宿在一間客棧，當他正要出外作買賣時，客棧老闆說：「賣藥郎，您如果要去山那一頭的村莊，最好可別帶錢去。」

賣藥郎問：「為什麼？」

老闆一臉親切地說：「其實啊，最近去那個村莊的路上，出現了打劫的強盜。如果碰見了他們，全身東西都會被搶光。如果是錢的話，可以寄放在我這兒！」

賣藥郎很高興就說：「那麼，不好意思了，拜託您了。我明天就回來。」於是他將裝著賣藥所得的十兩錢錢包寄放在客棧老闆處，就出門了。

賣藥郎運氣很好，並沒有遇上強盜，買賣也順利地完成了，隔天精神奕奕地回到客棧。

但是，當他要客棧老闆將錢包還給他時，客棧老闆卻怒道：「我不記得有保管你的錢包。你說這話，是想訛詐我的錢吧？狡猾的傢伙！」說罷便揍了賣藥郎一頓，把他趕出客棧外。這位客棧老闆是個身強力壯的魁梧壯漢，經常都像這樣奪取旅客的財物。

賣藥郎被拿走重要的財物，不知如何是好呆立在路旁。這時，有位叫做彥市的聰明男子經過那裡，看見賣藥郎神情悲傷，就問他：「您怎麼啦？」

賣藥郎就把原委告訴他！

「那真是太慘了！好！我幫你把錢要回來。」說著彥市就走入路旁的樹蔭中，不知在做什麼。待他一出來，就說：「我們一起去

吧！」就和賣藥郎一起來到客棧前面。

「我們把咳嗽聲當做暗號，我一發出咳嗽聲時，你就進來向老闆說『請把我寄放的錢還我。』」

彥市說著就進入客棧裡面。賣藥郎在外頭等候時，聽到彥市假裝咳嗽的聲音，就跑入客棧裡。

「喂！請把我之前寄放的錢還給我！」

賣藥郎膽顫心驚擔心會不會再挨一頓揍。然而，客棧老闆臉色雖然顯得有些不悅，卻隨即突然變得和顏悅色地說：「唉呀！賣藥郎，請拿回去吧！」立刻將錢包拿出來。

賣藥郎非常高興。點了點錢之後，急忙往外頭跑出去。不久，彥市趕上來了。

「怎麼樣？賣藥郎！很順利吧？」

「託您的福才拿回了錢包，實在太高興了。但是那位貪心的客棧老闆為什麼馬上就把錢還來了呢？」

「啊哈哈哈！那個老闆是個貪心的人，所以偷雞不著蝕把米。其實，我寄放了一百兩錢喔！」

「什麼！一百兩錢！」

「是啊，我正想要將一百兩錢交給他時，

你就進來了，還說了『請把我寄放的錢還給我。』假如他不將錢還給你，或許我就不會寄放一百兩錢。老闆這麼一想，才慌忙地還你錢包！」

「原來如此，是這樣的啊！唉呀！真是太感謝您了！」賣藥郎很佩服彥市的智慧，再三地向他道謝。

「但是，您寄放的一百兩錢，到底會怎麼樣呢？」

「您放心！因為我拿了路旁的小石子塞進錢包，再用繩子緊緊地綁住，然後寄放在客棧老闆那兒。恐怕那位貪心的老闆，現在解開繩子一看，正懊惱著吧！哈哈哈哈！」彥市一臉愉快地笑著！

9 弁天さまの島

11

古い昔、武蔵の国と、安房の国と、相模の国[1]、この三つの国のまん中に、大きい湖がありました。

そして、そこには黒い雲を体のまわりにつけ、頭が五つもある竜が住んでいました。五つの頭はどれも、鼻が高く、ひげが長く、その目は昼間でも光っていました。

竜はよく暴れました。そのたび、湖の水はあふれて、まわりの国々は洪水になりました。山は崩れ、田んぼや畑は流され、悪い病気が流行しました。悪いことは、それだけではありません。竜は空を飛びながら火を吐い

---

1 武蔵の国：現在的東京都及埼玉縣。安房の国：現在的千葉縣一部分。相模の国：現在的神奈川縣。

たり、人間の子供をつかまえて食べたりしました。子供を竜に食べられた人々は、悲しくて泣きました。その声は天まで届きました。

そんなある時、突然、大地がぐらぐら揺れて、大きな音がすると、相模の国の「江の浦」という所の海の中から、砂が噴水のように吹き出しました。やがて、そこは砂の島になりました。

すると、遠い空のほうから、雲が一つ降りてきました。その雲の上には、二人の童子を連れた天女と、竜神と、その家来の鬼たちが乗っていました。

竜神は、海の中にできた砂の島の上に、大きな岩を落としました。家来の鬼たちは、その岩の上に飛び降りました。銅の杵を持った鬼は岩を砕きました。鉄の杖を持った鬼は、岩を割って、峰を作ったり、崖を削ったり、洞穴を作ったりしました。

しばらくすると、りっぱな島ができました。海辺の砂はきらきら光っています。峰には白い雲が浮かび、岩にできた洞穴からは、きれいな水が流れています。天女は、二人の童子と島に降りて、岩の洞穴に入りました。そこから出る光は、岩屋全体を、ぱっと明るくしました。

天女の正体は、弁天さま①でした。子供を竜に殺された人間の泣き声をお聞きになって、かわいそうな彼らを助けるため、天の世界からいらっしゃったのです。

さっそく、頭が五つある竜は、弁天さまに呼ばれました。竜は、最近起こった不思議なことに、おどろいていたところでした。岩屋の前に来て、光を浴びて、弁天さまの前で小さくなって緊張しました。

「おまえが暴れるから、みんなが苦しんでいるのですよ。おとなしくしなければいけません」

---

①原本是源自印度神話的河川女神

弁天さまに今までした悪いことを怒られて、五つ頭の竜は、

「はい、すみませんでした。悪いことはもう二度としません。これからは、この土地の守護神となって、人々を守りましょう」と約束しました。

このお話が、現在の江の島ができたいわれ②です。昔は、この島の名を「鵜来島」とも呼んでいたそうです。島ができた時に、十二羽の鵜が、海の遠い所から飛んで来て、島のまわりをグルグル飛び回ったからだそうです。

江の島には今でも、弁天さまを祀った江の島神社があります。そして対岸には、五つ頭の竜を祀った竜口明神というお宮もあります。【神奈川県のお話】

② 「いわれ」（事物的緣由）

弁才天神之島

古老以前，在武藏野國、安房國，以及相模國交界之間，有個很大的湖，裡頭住著一隻黑雲環身的五頭龍。這五個龍頭，每一個都是高鼻長鬚，眼睛則是發出即使是白天也令人眩目的光芒。

龍經常興風作浪，一作亂湖水就滿出來，造成四周國家釀成洪災，而且還使山崩田園流失，疫病隨之流行。龍的惡行還不止如此，牠還會飛到天空噴火，抓人類的小孩來吃。被奪走孩子的人們悲傷哭泣的聲音傳到了天庭。

有一天，突然一陣大地震搖、隆隆作響，之後相模國的江之浦海中，砂子如噴水般噴湧出來，不久就形成了砂島。這時從遙遠的天空

降下一朵雲，雲上乘著天女，身邊帶著兩名童子，以及龍神和其鬼怪家臣們。

龍神把大塊岩石扔到海上形成的砂島上，鬼怪家臣們跳降在那岩右上。拿著銅杵的鬼怪將岩石擊碎；拿著鐵杖的鬼則劈開岩石，或造山峰或削山崖或掘洞穴，不多久就完成了美妙的島。

海邊的砂閃閃發亮，白雲覆蓋著山峰，從岩石洞鑿出來的洞穴裡不斷地湧出清水。天女和兩位童子降臨島上，進入岩洞裡，那光芒一下子就照亮了整個岩洞。這位天女就是弁才天神，她聽到孩子被龍殺害的人類哭泣聲音，從天界下凡來救苦救難。

弁才天神立刻叫喚五頭龍過來。龍正驚訝著這期間發生的怪事，來到岩屋前，在耀眼光芒的照耀下，一副誠惶誠恐的樣子。

「因為你的興風作浪，害得大家受苦，你要老實一點！」被弁才天神訓戒一頓之後，五頭龍於是承諾：「是的，我知錯了。今後我會成為這地方的守護神，守護人們。」

據說這就是江之島形成的故事。從前這個島也稱為鵜之島，因為島剛形成時，有十二隻鵜鶘鳥從海的彼岸飛來，繞著島的周圍飛的緣故。島上有間江之島神社祭拜著弁才天神，而對岸則有座祭祀五頭龍的龍口明神社。

10

おしどり

12

昔、下野の国①にある阿曽沼という沼の近くに、一人の狩人がいました。

ある日、猟に出かけましたが、何の獲物もありませんでした。ところが、その帰り道、阿曽沼のほとりを通った時、二羽のおしどりが、いっしょに泳いでいました。

昔から、おしどりを猟で撃つのはよくない、と言われていました。けれど、男は今日は朝から何も獲物がなかったので、おしどりに向けて矢を射ました。矢は、オスのおしどりを射ました。メスのほうは逃げて、対岸の葦のしげみ②の中に隠れて、見えなくなってしまいました。

狩人は、オスのおしどりを持って家に帰り、それを土間の台の上に置いておきました。

その夜、狩人が寝ていると、服装のさっぱりした、たいへんきれいな女の人が部屋へ入って来て、狩人のそばに立ちました。

① 現在的栃木縣。

② 草木茂盛的地方。

そして、悲しそうに泣き始めました。とても悲しそうに泣くので、それを聞いていた狩人のほうも何だか悲しくなって来ました。女の人は、泣きながら狩人に、

「どうして、あなたは、あんなにひどいことをしたんですか。どうして私の夫を殺してしまったんですか。夫は何か悪いことをしましたか」

と、言いました。狩人はびっくりして、

「わしが？あんたの夫を殺した？そんなことしていない」

と、言いました。

「いいえ、確かに、今日、殺しましたよ。私たち夫婦は、仲良く暮らしていたのに。あなたは夫を殺してしまいました。夫が、何か悪いことをしましたか。あなたは、どんなひどいことをしたか、ご存知ですか」

「うそだ！そんなこと、していない。わしは人を殺していない」

と、狩人はきっぱりと言いました。

「でも、あなたは殺したのです。夫だけじゃありません、この私もあなたに殺されたのです。私は、夫がいないと生きていられないのですから」

女の人は、そう言い終り、倒れるようにそこに座って、また悲しそうに泣きました。その後、ふらふらと立ち上がり、小さい声で歌を歌い始めました。その歌はこんな内容でした。

日が暮れると
私たちは
お互いに呼び合って
いつもいっしょに阿曽沼の
まこも草[1]の隙間にある家に
帰りました
今はその家に

---

[1] 菰。水草的一種。

私はたった一人で
いなければならない
ああ　この悲しさ
何と言えばいいでしょう

女の人は歌い終わり、狩人の部屋から出て行きました。その後ろ姿は女の人ではなくて、メスのおしどりでした。狩人は胸が痛くなるような深い悲しみを感じながら、また眠りました。

翌朝、狩人の家の土間には、メスのおしどりの死体がありました。昨日射止めたオスのおしどりの体の上に重なるように、死んでいました。自分の嘴を使って、自分の胸を破って死んだのでした。

狩人は、もう二度と生き物を殺さないと決めました。そして、髪を剃って、お坊さんになり、全国を行脚する旅を始めました。【栃木県のお話】

鴛鴦

從前在下野國一個叫做阿曾沼的沼澤附近，住著一位獵人。有一天獵人出去打獵卻一無所獲。然而在回家途中，當他路過阿曾沼的沼澤邊時，看見一對鴛鴦正悠游著。

自古以來，大家都認為獵鴛鴦是不好的，但是男子今天沒獵到任何獵物，於是就放箭射了鴛鴦。箭射穿了公鴛鴦，母鴛鴦則是逃入對岸的蘆葦叢中，消失了蹤影。

男子提著公鴛鴦回家後，就把牠先放在泥地房台子上。當天夜裡獵人一入睡，一位打扮整齊，姿容貌美的女子進入房裡，站在他的枕頭旁開始悲傷地哭了起來。這女子哭得太傷心，聽得獵人也傷心了起來。

女子啜泣著說：「你為什麼要做那麼殘忍的事？為什麼殺了我丈夫？我丈夫到底做了什麼壞事？」

男子驚說：「我嗎？你說我殺了你丈夫？我不記得有這麼一回事。」

「不！今天你確實是殺了我丈夫。我們兩人感情和睦地生活著，你卻殺了我丈夫，把一切都毀了。我丈夫到底做了什麼壞事呢？你可知道你做了多麼殘忍的事？」

男子斬釘截鐵地說：「沒那回事，絕對沒那回事！我沒殺人！」

「可是，的確是你殺的。不只是我丈夫，你連我也殺了。因為沒有了丈夫我就無法活下去了。」

女子說完便倒坐在那裡，又傷心地啜泣起來。接著她搖搖晃晃地站了起來，吟誦了一首詩歌。詩歌的內容是：

黃昏時刻　我倆互相呼喚
經常一起回去阿曾沼的菰草蔭處的家
如今那個家只有我一個人孤零零地守著
啊！這種悲傷該如何說？

女子吟誦完後就走出獵人家屋外，那背影並不是女子而是母鴛鴦！男子感到一陣揪心的悲傷，又沉沉入睡了。

隔天早上獵人在家裡發現母鴛鴦的屍體，疊覆在昨日家裡的公鴛鴦身上，已經死了。母鴛鴦用自己的嘴咬破自己的胸膛死了。

男子發誓從今以後再也不殺生，剃了髮出家當和尚，雲遊四方各國。

11
びんぼう神（がみ）

13

昔、ある男が、江戸の番町に住んでいる旗本の用人①になりました。

ある日、主人の用事で、下総の国にある、主人の領地へ出かけました。江戸を出て、草加②の宿まで来た時、一人のお坊さんに会いました。お坊さんは、年齢がだいたい四十くらいで、青黒い顔で、深く窪んだ目で、細く痩せています。白くて古いひとえ③を着て、頭には白いすげ笠をかぶり、首には頭陀袋を掛けています。

そして、なぜか用人の前を歩いたり、後ろを歩いたりしました。やがて、二人は話をするようになりました。用人が、

---

① 「旗本」：江戸時代武士身分的一種。「用人」：在武士家從事輔助家務工作的人。

② 「江戸の番町」是現在的東京都千代田區的一部分。「下総の国」現在千葉縣的一部分。「草加」現在的埼玉縣。

③ 單衣。和尚僧人的衣服。

「あなたは、どこからどこへいらっしゃるんですか」と聞くと、お坊さんは不気味な笑い方をしながら、こう答えました。

「私は、番町にある家にいます。今日は越谷④へ行くんですよ」

「え、私も番町に住んでいますが、今まであなたに会ったことがありませんね。番町のどちらに住んでいるんですか」

ところが、お坊さんが言う家というのが、用人の主人の家のようなのです。用人は、

「うーん、それでは、あなたは私の主人のお屋敷におられると言うのですか。変ですね。私は、今まで一度もあなたを屋敷の中で見たことがありません。お坊さんは嘘をつかない人だと聞いておりましたが、あなたは嘘をおっしゃっています」

④現在埼玉縣内的城鎮。

お坊さんは、にたにた笑って、

「いやいや、私は嘘をついていない。あんたが私を主人の屋敷で見なかったのは当たり前だよ。だって、私はびんぼう神だから」

と言いました。用人はびっくりして、お坊さんの顔を見ました。お坊さんは、こうも言いました。

「ご用人、あんたはあの家に最近来た人だから、昔のことを知らないんだ。あの家は、運の悪い家なんだよ。私は、今の主人のじいさんの代から、あの屋敷に住んでいる。私がいるから、あの家では、病人や災難ばかり続いている。今の主人の親も、じいさんも、若い時に死んだ。それでもあの家がなくならないのは、先祖の中に、いいことをした人がいたからだ」

と、話しました。用人はぞっとして、びんぼう神が家にいる主人がかわいそうになりました。そして、問題のある屋敷に勤めてしまった、どうしよう、とため息をつき

ました。びんぼう神は、用人のがっかりした様子を見て、

「しかし、お前さん、そんなに心配しなくていいよ。今がびんぼうのどん底だ。これ以上びんぼうにさせたくてもできないから、私は、もうあの屋敷に用がない。もうすぐ、別の家へ引越すつもりだ。私が引越しをすれば、お前さんの主人も幸せになれるよ。心配しなくていい」

用人はこの言葉を聞いて安心しました。でも、信じていいのかどうか、不安です。

「じゃあ、あなたは、今度はどこの家に行くつもりですか」

と聞きました。すると、びんぼう神は、

「うむ。私の新しい家は、そんなに遠い所じゃない。あんたの主人の家のすぐそばにある。二、三日のうちに引越すつもりだ。それまでひまがあるから、これから、越谷の友だちの家へ遊びに行くところなのだ」

と言いました。

用人は、ああよかった、助かった、しかし、このびんぼう神に来られた次の家の人は災難だなあと思いました。すると、びんぼう神はまじめな顔で、用人の耳の近くに来て、

「私が次に行く家の人間も、あんたの主人の家族と同じように、びんぼうのどん底になるだろう。でも、このことを、絶対に主人にも誰にも、話してはいけないぞ」

と、小さい声で言いました。

二人はいっしょに歩いて、やがて越谷に着きました。すると、あら、不思議。隣にいたお坊さんの姿は、いつの間にか見えなくなっていました。

ところで、それから用人の主人の家では、病気だった奥さんは元気になり、借りたお金も返すことができて、間もなく、たいへんお金持ちになったということです。【埼玉県のお話】

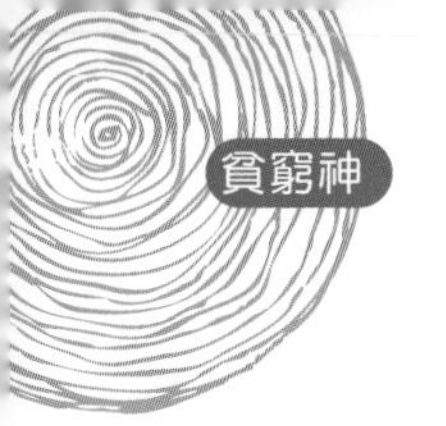

貧窮神

從前有位男子當上了住在江戶番町的旗本武士的總管。

有一天因為主人的事情，動身前往下總國的領地。他出了江戶來到草加客棧時，遇見了一位和尚。

這位和尚年約四十，臉色鐵青泛黑，眼睛深深凹陷，身材細瘦。他穿著一襲白色泛舊的單衣，頭戴著白色的菅草斗笠，脖子上掛著布施袋，一會兒走在總管的前面，一會兒走在總管的後面。

不久，兩人就開口聊起來。

總管問道：「您打從哪兒來？要到哪兒去？」

和尚露出詭異的笑容回答：「我是番町某府邸的人，今天要去越谷哦！」

「我也是番町的人，但是我卻沒見過您。請問您是住在番町的哪一家呢？」

總管覺得很奇怪，和尚所說的府邸，似乎是總管所侍奉的旗本武士的府邸。

總管說：「那麼，您說您是住在我家主人的府邸，可是真奇怪！我從沒見過您。我聽說和尚是不打誑語的，然而您卻滿口胡言亂語。」

和尚陰森森地笑說：「不！不！我沒說謊。你在府邸沒見過我是理所當然的，因為我是貧窮神。」

總管嚇了一跳，看著和尚。和尚又說：「總管，你是最近剛走馬上任的人，所以不知道從前的事。那戶人家是運氣很差的人家哦！

我從現在的主人的祖父那一代就住在那個府邸裡，因為我在那裡的緣故，那家人才不斷有疾病及災難發生。現在主人的父母親及祖父，也都很年輕就過世。儘管如此，那個家卻沒有滅絕，是因為祖先有人做了好事的緣故。」

總管聽了毛骨悚然，覺得宅邸住了貧窮神的主人很可憐，同時嘆息自己怎麼在這種亂七八糟的府邸工作。

貧窮神見總管洩氣的神情就說：「但是你不用那麼擔心，現在的情況已經是窮到谷底了，我再也沒辦法讓那家人再更窮了。所以，我在那個府邸已經無事可做，最近我就要搬到別的地方去。我一搬家的話，你的主人也就可以過幸福的日子，你不用擔心了！」

總管鬆了一口氣，但是還是擔心和尚的話是否可相信。於是問：「那麼您這一次到底要搬到哪一家去呢？」

貧窮神就說：「嗯！我搬遷的地方離這裡並不太遠，就在你家主人府邸旁的那戶。我打算兩、三天之內搬入。在這之前有些空閒，所以我現在要去越谷的朋友家裡玩。」

總管心想「太好了！得救了！」但是又想到貧窮神搬入的人家就要災難臨頭。這麼想的同時，貧窮神以嚴肅的神情靠近總管的耳邊悄悄地說：「這次我要搬入的地方，那一家也會和你主人家一樣，窮到谷底吧！但是這件事你絕對不可向你的主人或任何人透露。」

兩人相伴而行來到了越谷，不可思議的，並肩而行的和尚不知何時竟消失了蹤影。

話說，從此以後總管的旗本武士府上，生病的妻子也康復了，借的錢也有能力償還，聽說不久生活就變得相當富裕了。

12 山男をぷつん

14

昔、ある村に、一人の男の子がいました。その子が、ある日、山へ栗を拾いに行きました。栗は、あまりたくさん落ちていませんでした。一生懸命探しているうちに、だんだん山の奥へ入って行きました。すると、向こうの方から、大きい体の山男がやって来ました。男の子はびっくりして、逃げようとしました。すると、山男は意外とやさしい声を出し、呼び止めました。

「こぞう[1]、おれは栗のたくさんある場所を知っているぞ。俺の後について来い」

そこで、男の子は山男の後をついて行きました。山の更に奥のほうへ進んでいくと、そこには栗がたくさん落ちていました。男の子は、

「ここにもある。わあ、ここにもある」

と、時間がたつのも忘れて、拾いました。そのうち、夕方になり、空は暗くなりました。それに気づいた男の子は、

---

[1] 對年幼男子的輕蔑稱呼。

「うわあ、もうすぐ日が暮れる。困ったなあ。こんな遠くまで来てしまって、どうしよう」

と、泣きそうになりました。すると、山男は

「こぞう、心配するな。今帰ったら、山の中で夜になってしまう。おれの家に泊まって行け。たくさんおいしいものをごちそうしてやるぞ」

と言いました。男の子は、山男のことをやさしくて親切な人だと思い、喜んで家に泊めてもらいました。

さて、その晩、男の子が山男の家で眠っている時、家がぐらぐら揺れ始めました。おどろいて目をさますと、山男は大入道②の姿に変わっていて、男の子の体をつかみ上げようとしていました。

② 光頭妖怪。

「うわあ、大変だ」

男の子は布団を蹴って、とび起きると、家の外へ逃げ出しました。

「こらあ、待てえええ、逃げるなあ」

大入道は大きな歩幅で、後から走って追いかけて来ます。

男の子は、力いっぱい走りました。遠くに明かりが見えました。そこはお寺でした。

男の子がどんどん、どんどんと戸をたたいたので、和尚さんがその音を聞いて出て来ました。

「和尚さま、どうか助けてください。怖い大入道が大きな口を開けて、追いかけてきます。ああ、怖い、助けてください」

「おお、これは災難だったな。助けてやろう。早くこっちへ来なさい」

和尚さんは、男の子をお寺の建物の中に入れて、押し入れの中に隠しました。ふすまを閉めたとたん、大入道が追いつきました。

「やい、和尚、和尚や。今ここに、こぞうが逃げて来ただろう」

「ああ、逃げて来た」

「それなら、どこにいるか、早く教えろ」

「ああ、かまわないさ。だけど、その前に、わしの願いを聞いてくれ。わしは、まだ大入道が化けるところを見たことがない。どうか、ノミ[1]に化けて見せてくれ。そうしたら、子供がどこにいるか、教えてやろう」

大入道は、男の子が食べたくてたまりません。

「なに、そんなことは簡単だ」

そう返事をしてから、大きい体を小さいノミにして、和尚さんの手のひらに乗っ

[1] 跳蚤。

て見せました。

「おお、これがあの大きな体のもの大入道かあ。よくこんな小さいものに化けられたなあ。感心だ」

和尚さんは、そう言いながら、手のひらのノミを指でつまむと、すばやくぷつんとつぶしてしまいました。

この夜から、山には山男がいなくなったそうです。

【栃木県のお話】

噗嗤捏死山妖怪

從前某個村莊裡有位小男孩，他有一天上山去撿栗子，因為栗子掉得不多，在到處找栗子時，漸漸地就走入了山裡。走入山中時，有一個體型龐大的山巨人從前方迎面而來，男孩嚇了一跳想要逃走時，山巨人卻意外地以溫柔的聲音叫住他。

「小子，我知道有很多栗子的地方，跟著我來就行了。」

於是小男孩就跟著去了。往更深山走去，果然地面掉落了許多的栗子。

「這裡也有，這裡也有！」小男孩撿著撿著就忘

了時間，不知不覺中已是黃昏，小男孩終於察覺到天色已經黑了。

「哇！太陽下山了。真糟糕！我來到這麼遠的地方，怎麼辦？」小男孩急得就要哭了。

「小子！別擔心！現在你回去的話，山中夜色已深，你到我家留宿一宿，讓我來好好地招待你吧！」

小男孩覺得山巨人溫柔又親切，於是很高興地就借宿山巨人的家。

當天晚上小男孩正在睡覺時，房子開始搖晃震動，小男孩驚醒一看，山巨人變成大光頭妖怪，正想一把抓起小男孩。

「唉呀！不得了！」小男孩踢掉棉被，跳起來就往屋外逃走。

「喂！站住！別逃！」大光頭妖怪跨大步伐從後面追趕上來。

小男孩使盡全力不停地跑，跑著跑著便看見遠方有燈火。原來是座寺廟。小男孩咚咚地敲門，有位和尚出來了。

「師父，請救救我。有個大光頭妖怪張大嘴巴正追過來了。啊！好可怕。請救救我！」

「好的，這可真是災難啊！我救你。快點兒來這邊。」

和尚讓小男孩進入寺廟，把他藏在壁櫥裡，剛剛關上紙門，大光頭妖怪就追上來了。

「和尚！和尚！你有沒有看見小男孩逃進來？」

「啊！是逃進來了！」

「那麼，他在那裡？快告訴我！」

「啊！我可以告訴你呀！但是在告訴你之前，你要答應我的請求。我從未見過大光頭妖怪變幻術，所以你只要變成跳蚤讓我見識一下，這樣我就告訴你那孩子在哪裡。」

大光頭妖怪非常想吃小男孩，就說：「那種事太簡單了。」這麼一說就把那龐大的身體變成了小小的跳蚤，跳到和尚的手掌上讓他看。

「這就是那身軀龐大的光頭大妖怪嗎？還真厲害，竟然能夠變幻成這麼小的東西，真令人佩服！」

和尚微笑讚美著，用手指捏起手掌上的跳蚤，立刻把牠噗嗤捏死了。

據說，從此以後，山裡的山巨人就消失了！

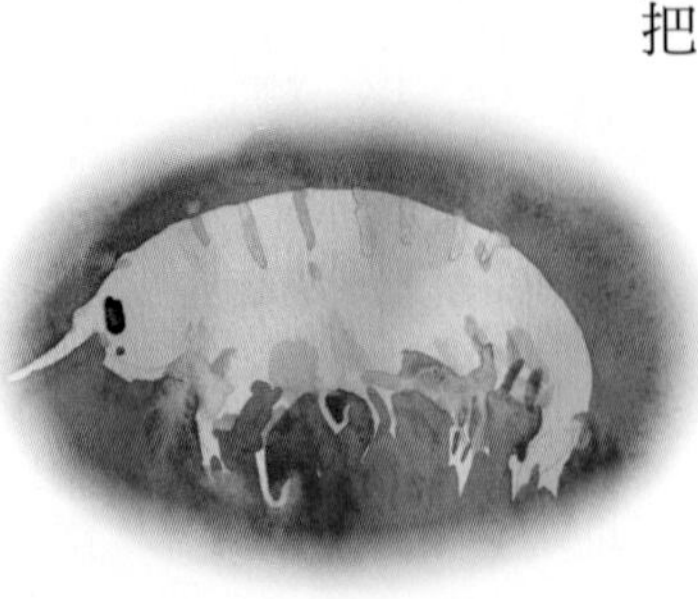

13 にげだした山父（やまちち）

15

南にある、温かい国のある村に、一人の桶屋が住んでいました。この村のあたりは、めったに雪が降りません。もし降っても積もらないで、すぐに溶けて消えてしまいます。

ところが、ある日の朝起きたら、あたり一面が銀世界になっていました。

「おお、これは珍しい。雪だ」

そう言って、村人はみんな雪の世界に目を見張りました。子供たちは喜んで、まるで子犬のようにその辺を飛び跳ねて、遊びました。

さて、桶屋はいつもたいへんびんぼうだったので、こんな日でも朝から軒の下に敷物を敷いて、その上に座って仕事をしていました。

村の長者に頼まれて、大きな風呂桶を作っているところでした。風呂桶は大きい物です。桶屋の家は狭すぎるので、軒下に出

て、仕事をしていたのです。

桶のまわりに巻く「たが」（箍）とは、長い竹を割って、それを丸く曲げて使う桶の部品です。桶屋が長い竹をぴーん、ぴーんとはねかして①、たがにして、それを桶のまわりに巻いている時でした。山のほうから誰かがこちらへやってくるのが見えました。

「ん、誰だろう、こんな雪の日に…」

桶屋は不思議に思いました。その人は桶屋のすぐ目の前まで来て、立ちました。

桶屋は見上げて、「あ！」と声を上げました。

そいつは、目が一つだけ、足も一本だけの怪物だったのです。おどろいた桶屋は、声が出なくなり、真っ青になって、ぶるぶる震えました。

「これはきっと、昔から話に聞いている山父という

① 跳ねかす（彈飛開來）

怪物だな」

桶屋が心の中でそう思った時、この怪物は変なしゃがれた声で、

「おい。桶屋。お前は今、これが山父という怪物だなと思っているだろう」

と言いました。桶屋はびっくりして、

「うわ、これはたいへん。こいつはこっちの思っていることがわかるらしい」と考えました。すると、

「おい、桶屋。お前は今、こっちの思っていることをおれに悟られる、とびっくりしているな」

山父はまたこう言いました。桶屋はすっかりどぎまぎ[1]して、

「これはいけない。何も考えないで、黙って仕事をしよう。そうしないと、ひどい目に遭うかもしれない」

そう思って、慌てて、忙しそうに、仕事を始めました。するとまた、

「おい、桶屋。お前は何も考えないで仕事だけしよう――そう思っているだろう。はん、そううまくはいかないぞ。人間は何も考えないと決めても、絶対何か考えてしまうんだから」

怪物は、こう言いました。

「うん、本当にそうかもしれない」

と、桶屋が思った時、怪物は得意そうに笑って、

「ははは、やい、桶屋。そうかもしれないと思っただろう」と言いました。

---

1 どぎまぎ（慌張的様子）

桶屋はすっかり困ってしまいました。こちらの心の中を、何から何まで、すぐ怪物に知られてしまうのですから。

「こんなにからかわれて①、最後は、とって食べられるんじゃないか」

そう考えると、桶屋は体の骨が、がたがた震えるような気がしました。

「おれに食べられると覚悟したか」

怪物の山父は、桶屋のもっと近くまで近寄ってきました。山父の体からは、生臭い臭いがしました。桶屋はがたがた震えながら、夢中でたがの竹を力を入れて曲げようとしました。

ところが、その時。震えている手が滑り、ぴ——んと竹の端っこが跳ねて、山父の顔をぴしゃーんと打ってしまったのです。

---

① からかう（逗弄、嘲弄）

「うっ、いたたた」と、山父はうめきました②。

「ちくしょう③！人間というやつは、自分の思っていないことをする生き物だ。うっかりしていると、どんなひどい目にあわされるか、わからないぞ」

口の中でぶつぶつこう言うと、一つ目、一本足の怪物山父は、ものすごい速さで、山のほうへ飛んで帰っていきました。

【徳島県のお話】

---

② 「うめく」（痛苦得呻吟）

③ 「ちくしょう」（混帳東西）。

逃走的山妖怪

在溫暖南國的某個村莊裡，住著一位木桶師傅。這個村莊的周圍幾乎都不下雪，即使下雪也不會積雪，立刻就溶化了。

然而某天早上起來一看，外面四邊已是一片銀白色的世界。

「哦！這真是稀奇的雪呀！」

這麼說著，村人大伙都睜大眼睛看著雪的世界，小孩子也很高興，像小狗般在那邊跳來跳去地玩耍。

木桶師傅很窮，所以即使是在這種下雪的日子，也同樣從早就在屋簷下鋪了墊子坐在上面工作。

這位木桶師傅受村中富翁之託，正在為他打造一個大浴桶。因為浴桶是大的物件，家裡太狹窄了，所以就到屋簷下工作。

所謂的竹箍是用剖開長竹折彎纏繞而成的木桶零件。正當木桶師傅咻、咻地散開長竹編成竹箍，再將竹箍圈上木桶時，不知是誰從山那邊往這兒過來了。

「嗯～，是誰呢？在這種下雪的日子裡……。」木桶師傅覺得不可思議。

那個傢伙忽地就來到了木桶師傅的正前方站著。木桶師傅很訝異，抬頭一看，「啊！」叫了一聲。

那傢伙是個獨眼獨腳相當可怕的妖怪。木桶師傅嚇得說不出話來，臉色鐵青，全身直打哆嗦。

「這一定是從前聽過的故事裡，稱作『山爺』的妖怪！」木桶師傅這麼想時，妖怪發出

奇怪的嘶啞聲音說：

「喂，賣木桶的，你心裡正在想『你這傢伙正是山爺！』對吧？」

於是木桶師傅嚇了一跳。

「這可糟了。這妖怪似乎可以看透我的心思呢。」

木桶師傅正這麼想時，妖怪就說：「喂，賣木桶的，你正在訝異我怎麼能看透你的心思吧！」

木桶師傅完全慌了手腳。

「這可不成。什麼也不要想，默默地工作吧！不然，或許會飛來橫禍。」

這麼一想，就慌慌張張地開始忙碌地工作。

妖怪於是說：「喂，賣木桶的，你正在想『什麼都不要想，只專心工作。』對吧？哼！

那有這麼簡單的事！人類啊，心裡雖然希望什麼都不要想，但還是總會想些什麼！」

當木桶師傅這麼想時，妖怪得意地笑說：

「真的，或許是吧！」

「哈哈哈哈，呀！賣木桶的，你是不是想『或許是吧！』」

這時木桶師傅已嚇得六神無主，因為所有心事都馬上被妖怪看穿。

「會不會這樣被戲弄到最後，然後被吃掉？」

木桶師傅一想到這，發現自己全身的骨頭嘎嘎地發抖。

「你是否已經覺悟要被我吃下肚了？」

妖怪說著，就漸漸逼進木桶師傅的身邊，身上散發一股腥臭味。木桶師傅全身哆索更加忘我地編竹箍，然而卻抖得不小心一滑，竹子的一端啪地彈開，啪地打在妖怪的臉上。

「嗚……痛痛痛……。」山妖怪發出呻吟。

「可惡！人類這傢伙竟然會做出不在心思裡的動作。一不留神，就不知道會遭遇到什麼禍事！」

嘴裡邊嘟囔著，這隻獨眼獨腳妖怪就以驚人的速度回到山裡去了。

14 やまんばと小僧(こぞう)さん

16

昔、あるお寺に、和尚さんと小僧さんがいました。ある日、小僧さんが山へ山菜を取りに行きました。すると、山の中に、小さな家がひとつありました。

家の前で、おばあさんが一人で、何かしていました。とてもきれいな顔のおばあさんで、小僧さんを見ると、にこにこして、

「遊んで行きなさい」

と、やさしい声で言いました。おばあさんは、小僧さんを家の中に招いて、いろいろなごちそうを食べさせてやりました。けれども、小僧さんはこんな山の中で、知らない人からとても親切にされて、だんだん不安になりました。そこで、こっそり逃げることにしました。

「ちょっと、厠に行って来ます」

と言いました。すると、おばあさんは「庭でしなさい。座敷の上でもかまいませんよ」と言いました。小僧さんはますます変だと思いました。

「いいえ、ぜひ厠でやります。私は厠でないと、小便が出ないのです」

と言って立ち上がり、急いで家の裏の厠の中へ逃げこみました。ところが、おばあさんはすぐ厠の戸の前にやって来て、

「小僧さん、小便はもう終わったか」

と、小僧さんを呼びました。小僧さんは

「うーん、もうちょっと」

と答えました。おばあさんは、だんだん焦って、

「まだか、小僧さん」「まだか、小僧さん」

と、何度も何度も聞きました。小僧さんは怖くてたまりません。何とかして、逃げ出そうと考えました。すると、山に入る時、和尚さんから魔除けのお守り札を三枚もらったことを思い出しました。そこで、それを一枚取り出して、

「壁よ！ここを通してくれ」

と、厠の壁に向かって、お札を投げました。

すると、厠の壁は、音も立てずに崩れ落ちて、大きな穴が開きました。小僧さんは、その穴から静かに外に出て、逃げ出しました。

「まだか、小僧さん」

おばあさんは、また呼びました。でも返事がないので、小僧さんが厠の中にいないことに気づきました。

「や!小僧、逃げたな!」

と、くやしそうにしました。そして、山のふもと[1]のほうを見ると、小僧さんが転がるように逃げて行くのが見えました。

「絶対に逃がさないぞ」

---

[1] 山麓。

と言いながら、おばあさんは恐ろしい顔になって、小僧さんの後を追いかけました。そして、あっという間に小僧さんに追いついて来ました。小僧さんは、後ろを見てびっくりしました。そして、もう一枚のお守り札を出し、後ろに向かって、

「山よ、生まれろ」

と、投げつけました。すると、大きな大きな山ができました。おばあさんの姿は、この新しい山に隠れて、見えなくなりました。この間に、小僧さんは一生懸命前に向かって走りました。

ところが、おばあさんは、新しい山をすぐに越えて、また小僧さんに追いつきました。追って来るおばあさんの恐ろしい顔を見て、小僧さんは今度こそもうだめか、と思いました。でもお札はまだ一枚残っています。そし

て、今度は後ろに向かって、

「大きな川よ、生まれろ」

と叫んでお札を投げました。すると、あっという間に大きな川ができました。おばあさんは、川の岸まで来ると、渡ることができなくて、とてもくやしそうな顔をして、立ち止まりました。しばらく、川を見ていましたが、いきなり水の中に飛び込みました。おばあさんは大きな魚に変身して、川をすいすい泳いで渡りました。

こちらの岸に上がった後、おばあさんは前よりももっと恐ろしい顔になり、前よりももっと速く追いかけて来ました。

「ああ、怖い」

もう少しで追いつかれそうになった時、小僧さんはやっと、お寺の山門に着いて、中に飛びこみました。

お寺の門には、貝殻ととべら[1]の木の葉が、掛

---

[1]「とべら」（海桐花。常綠低矮木的一種。）

けてありました。おばあさんは、この二つが大嫌いでした。せっかくここまで追って来ましたが、この二つの物があるので、お寺の中に入れません。それだけではありません。この二つを見たとたん、おばあさんは倒れて、死んでしまいました。よく見ると、おばあさんの正体は、恐ろしいやまんばでした。

山には、時々、こういう恐ろしいやまんばがいて、雪の降る夜など、子供をさらいに人間の住む所に出て来たそうです。それで、肥後②の天草地方では、正月になると、貝殻とべらの枝を軒に掛けて、やまんばを除けるおまじない③にしていたそうです。【熊本県のお話】

② 現在的熊本縣。

③ 「お呪い」（咒語）

山姥姥與小和尚

從前有座寺廟，住著一位師父和小和尚。某日小和尚去山上採山菜，發現山裡有間小小的房子。有位老婆婆在房子前面，不知在做什麼，那是位長相美麗的老婆婆，她看見小和尚便親切地對他說：「來這玩吧！」

老婆婆邀請小和尚到家裡來，給他吃許多好吃的東西招待他。但是在這樣的深山裡，讓陌生人如此盛情款待，小和尚反而覺得不安起來，於是就想悄悄地逃出去。

小和尚對老婆婆說：「我想上個茅房。」

這時老婆婆說：「在庭院上吧！尿在座墊上也沒關係喔！」小和尚更加覺得恐怖。

「不！我一定上茅房，不上茅房的話，我尿不出來！」說著便站了起來，急忙逃入屋後的茅房內。

然而，老婆婆立刻跑到茅房前面叫著：「小和尚，尿好了沒？」

小和尚回答：「再一會兒！」

老婆婆等不及似地，又說：「還沒好嗎？小和尚。還沒好嗎？小和尚」連續好幾次，頻頻地催促著。

小和尚害怕得不得了，正想辦法要逃走。這時他想起了要上山前，師父畫了三張避邪的護身符給他。於是就從口袋裡拿出一張說：「牆壁啊！讓我通過吧！」向牆壁丟去。茅房牆壁立刻無聲地崩塌，裂開了一個大洞。小和尚就從那個洞躡手躡腳地走出去，一溜煙地逃走了。

「還沒好嗎？小和尚」老婆婆又再叫。因

為沒有回答，所以察覺到小和尚已不在茅房裡了。

「啊！小和尚逃走了啊？」老婆婆似乎很不甘心地往山腳下望，看見小和尚正連滾帶爬地逃跑。

「我絕不讓你逃走！」老婆婆一臉猙獰，追趕著小和尚。眼看著就要追上了，小和尚一回頭，嚇了一大跳，又拿出一張護身符，向後面丟去說：「隆起一座山吧！」一座很大很大的山就隆起了。老婆婆的身影被山遮住看不見了，趁這個時候，小和尚拼命地跑！

然而，老婆婆立刻飛越過那座山，漸漸追上來了。小和尚看見追上來的老婆婆那張可怕的臉，心想沒救了。不過還有一張護身符，於是這次小和尚把護身符朝後面丟說：「變出大河吧！」立刻變出了一條大河流。老婆婆來到

岸邊卻沒辦法過河，一臉怨恨地停下腳步。但是她看了河面一會兒，就突然撲通地跳入水裡，變成一條大魚，迅速地游過了河。一上河岸後，老婆婆的臉變得比先前更加猙獰，比先前更迅猛地追了上來。

「啊！好可怕！」就在差點要被追上時，小和尚終於跑到了寺廟的山門，飛奔入寺內。寺門上掛著貝殼及海桐樹的葉子，老婆婆最討厭這兩種東西了，好不容易追到這裡，卻進不了山門。不僅如此，一看到這兩樣東西，就攤倒在那兒，死了。再仔細一瞧，原來老婆婆的原形是可怕的山姥姥妖怪。

山裡面常常會有像這樣可怕的山姥姥妖怪，據說像在下雪之類的晚上，會到人們住的村莊拐誘小孩。

據說從此在肥後天草附近，一到正月就會在屋簷掛上貝殼及海桐樹枝，用來驅避山姥姥妖怪。

15 ふたりの王さま

17

古い昔、沖縄の島に、雨が降らない日が続いたことがありました。長い間、全然雨が降らないので、井戸はからからになり、川も乾いてしまい、底が見えるようになりました。島の人たちには、使い水はもちろん、もう飲み水さえありませんでした。水がないことほど、つらいことはありません。どこか、遠くの島へ行って、水を探すしかない、と人々は考え始めました。

そんなある朝。一ぴきの大きな犬が、山の方からやって来ました。村の人々は、この犬を見て、とてもおどろきました。なぜなら、この犬は、頭からしっぽまで、ぐっしょりと濡れていたからです。

「あれ？水がついている。この犬は、濡れているぞ」

「山の中のどこかに水があるに違いない。探してみよう」

水があると聞いて、村の人々はみんな外に飛び出して来ました。そして、二人、三人ずつになって山の中に入り、あちらこちらと探しまわりました。

すると、山の奥の、木がたくさん茂った静かな場所に、きれいな泉

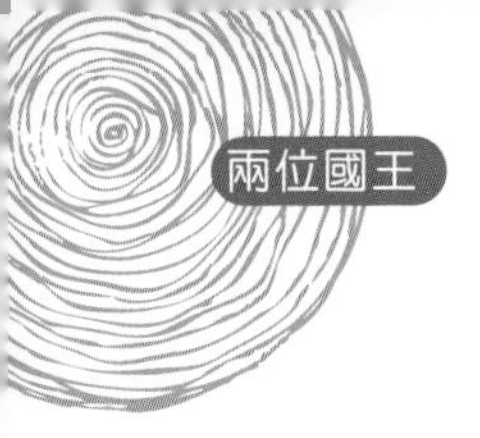

が、湧き出ていました。細い流れを作り、その流れの先には、暗い岩の洞穴がありました。水の流れは、その洞穴の中に入っていました。

「おお、あった、あった。水があったぞ！」

村人は、走って近づきました。なんと冷たい、きれいな水でしょう。みんな、夢中になって、声をあげて喜びました。

村の人々は、この水の流れに「嘉手志川[1]」と名前をつけました。それ以後、

[1] 沖繩的方言發音，讀作「かでしがー」。

どんなに雨が降らなくても、人々は飲み水に困らなくなりました。遠くの村からも、この水をもらいに来ました。また、田んぼや畑を作ることもできるようになりました。この水のおかげで、いつも作物がたくさんとれて、村の人たちの暮らしは豊かになりました。

その後、長い年月がたちました。その間に、この土地の王さまも次々と変わりました。ある時、他魯毎という人が王さまだった時、となりの国では尚巴志という王さまがいました。どちらの王さまも、強い人でした。

尚巴志は、大きくてりっぱな御殿に住んでいました。他魯毎は彼に負けないよう、大きくてりっぱな御殿を建てました。

「どうだ、わしの御殿は、尚巴志のよりずっと立派だろう」

と、他魯毎は自慢しました。すると、ある日、一人の家来が、

「王さま。尚巴志はすばらしい金の屏風を持っているそうです」と言いました。

他魯毎はくやしくてたまりません。その金屏風さえあれば、もう誰にも負けないのに、と思いました。その金屏風が欲しくて欲しくてたまりません。家来を呼んで、

「お前たち、何とかして、尚巴志の金屏風を持って来い」

と命令しました。

家来は、「はい、かしこまりました」と答えて、御殿を出ました。幾日かたって、家来は何も持たないで帰って来ました。

「尚巴志は、金屏風をとても大事にしていて、なかなか手放そうとしません。でも、こちらが嘉手志川と交換するなら、金屏風をあげてもいいと言っています」

「ははは。尚巴志はいずみだけ領分にしたいのか。あんないずみなんか、惜しく

ない。あの立派な金屏風がもらえるのなら、喜んでやろう」

と言って、他魯毎はその条件を承知しました。金屏風はこうして、他魯毎の御殿に送られました。そして、昔、犬が見つけてくれたあのきれいな水の出る嘉手志川は、尚巴志の領分になりました。


さっそく、尚巴志の家来たちが、嘉手志川を守りにやって来ました。他魯毎の国の村人が水を汲みに行くと、その家来たちは、

「お前たち、水を汲んではいけない。この立て札を見ろ」

と言いました。


立て札には、この川は今日から尚巴志の国のものになった、命令を聞く者には使わせてやるが、聞かない者には使わせてやらない、と書いてありました。

「日照りになったら、どうしたらいいのだろう」と、人々は大事な川と金屏風を交換した他魯毎に呆れました。そしてみんな、尚巴志の命令を守るようになり、この頭のいい王さまは、やがて沖縄全土の王さまになりました。【沖縄県のお話】

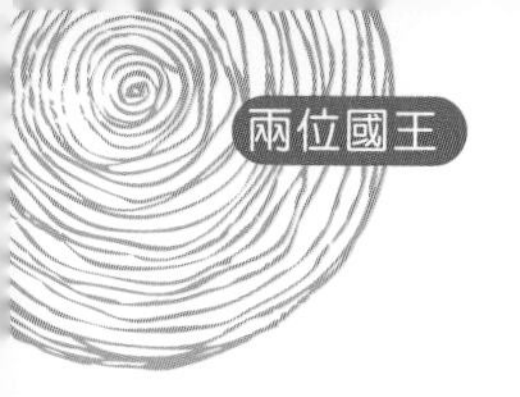

兩位國王

古老以前在沖繩島上曾有過嚴重乾旱，接連天旱不雨。因為長時間完全不下雨，水井乾枯不見一滴水；連河川也乾涸見底。島上的人們不僅無水可用，連喝的水也沒有。

沒有水是最痛苦的事了，於是人們開始想往某個遙遠的島嶼去找水。

這時，一天早晨有隻大狗從山那頭跑來，村人看見那隻大狗都大吃一驚，因為那隻大狗從頭到尾巴都濕答答的。

「咦？是水！這隻狗濕淋淋的！」

「山裡某處一定有水！我們大家去找找！」

聽到「水」，村人全跑出來了，二個人一組，三個人一團地上山到處尋找。這時在深山靜謐繁茂的樹下，清淨的泉水不斷湧出來，形成了涓涓細流，沒入前方黑暗的岩洞。

「哦！有了！有了！有水了！」人們都聚集過來。多麼冰冷清澈的水啊！大家都忘我高興地大聲歡呼。

村人就將那條河流取名為嘉手志川。從此後無論天旱多久，再也不需要為飲水傷腦筋了。也有人從很遠的村落來取水，而且這水還可以用來灌溉水田及旱田。託這條河的福，農作物常年豐收，村人生活也富裕了起來。

之後經過了長年歲月，這塊土地接連更換了數位治理的國王，其中在「他魯每」國王治理時，鄰國則是由一位「尚巴志」國王治理，這兩位均是強大的國王。

尚巴志住在宏偉豪華的宮殿裡，他魯每就

不服輸地蓋了更大更豪華的宮殿。

「怎麼樣？我的宮殿比尚巴志的還來得氣派吧！」他魯每很驕傲地說。

某日有一位家臣向他魯每稟報：「尚巴志有一座金碧輝煌的金屏風」。

他魯每不甘心地想「只要擁有那座金屏風，我就不輸給任何人了！」想著就愈發想得到。他魯每叫來家臣吩咐他：「無論如何都要把尚巴志的金屏風弄到手！」

「好！遵命！」家臣回答後便出門了。幾天後，家臣空手而回。

「尚巴志相當寶貝那個金屏風，一刻也不離手，但是他說如果將嘉手志川送給他，那麼他可以把金屏風讓給您。」

「哈哈哈哈，尚巴志只想要將泉水劃入他的領地？那點水一點也不足惜！只要可以獲得

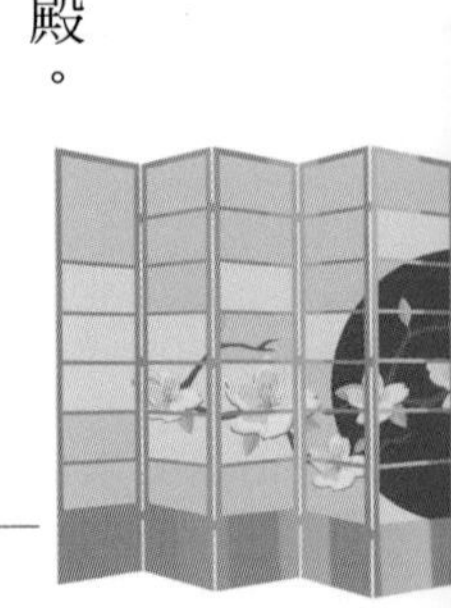

珍貴的金屏風，那就滿足他的要求吧！」

他魯每龍心大悅地承諾了那個條件。金屏風就被送到他魯每的宮殿，而那條狗所發現的湧泉嘉手志川就歸屬於尚巴志的領土了。

尚巴志的家臣們隨即前來看守嘉手志川。當他魯每國的村人前來取水時，這些家臣就說：「不可以取水，你們看告示牌！」

這個告示牌寫著：

「即日起，嘉手志川隸屬於尚巴志國，聽從命令者，得以取水；不聽從命令者，則不得取水！」

「如果乾旱到來，該如何是好？」人們對他魯每竟將重要河川與金屏風交換一事感到驚訝氣憤不已，於是大家都開始遵守尚巴志的命令。聰明的尚巴志終於成為統治沖繩全島的國王了！

16 金(きん)の斧(おの)

18

昔、ある所に、良い爺さんと悪い爺さんがいました。二人の家は隣でした。この爺さんたちは山へ行って木を切るのが仕事でした。良い爺さんはとても貧乏で、その日に食べる米も十分に買えない生活でした。そして、悪い爺さんは心がよくない人で、とてもけちでお金をたくさん貯めて、隣の良い爺さんを馬鹿にしていました。

しかし、良い爺さんはぜんぜん気にしていませんでした。人は悪いことをしないで、まじめに働いていれば、いつか良いことがあると思っていました。

ある時、良い爺さんは風邪を引いて、二、三日仕事を休みました。そして、風邪も治って元気になったので、久しぶりに斧を持って山へ行きました。

良い爺さんは、山の湖の近くで木を切り始めました。ところが、木を切っていると、斧の頭が抜けて飛んでいってしまいました。そして、ドボンと湖の中に落ちてしまったのです。あっと言う間のできごとでした。深い湖ですから、斧がどこにあ

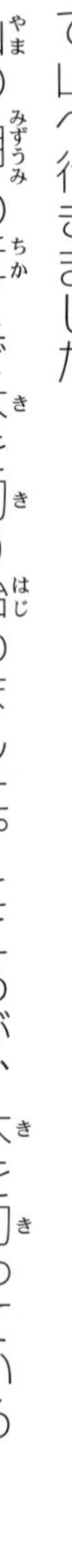

るのかもわかりませんし、拾うこともできません。

良い爺さんは困って、「神様、どうか助けてください。わたしの斧を出してください。」と一生懸命お願いしました。その時、突然、湖の真ん中に波が立って、斧を持った神様が現れたのです。それは、真っ白で長いひげを生やした水神様でした。

水神様は「お前の斧を返すぞ。受け取りなさい。」と言って、斧を爺さんに見せました。

爺さんは「ありがとうございます」と言って、水神様の手の中にある斧を見ました。すると、それはとてもきれいな金の斧でした。「水神様、それは私のではありません。私のは、そんなきれいな金の斧ではありません。」と爺さんは言いました。

「そうか。間違えたかな。」と水神様は言って、また湖の中に入って行きました。しばらく経って、また湖の中から出て来た水神様は「斧はこれか。」と爺さんに聞きました。

爺さんは「そうです。そこに私の家の印も刻んであります。確かに、それでございます。ありがとうございました。お陰様で、明日からまた一生懸命働くことができます。」と嬉しそうに答えました。

水神様は「ほお。お前はなかなか正直な人間だな。では、この金の斧もいっしょに持って行きなさい。私からの褒美だよ。」と言いました。そして、爺さんの斧と金の斧、二つともこの良い爺さんにくれました。

良い爺さんはとても喜んで帰りました。家に着くと、すぐに、おばあさんにも見せました。それから庄屋さんにも知らせました。

庄屋さんは「それは、めでたいことだ。きっと、お前がいつも正直でまじめに働いているからだ。神様から御褒美をもらったなんて、この村にとってもめでたいことだ。みんなでお祝いをしよう。」と言って、村中に知らせました。知らせを聞いた村中の人たちが「めでたい、めでたい」と言って集まって来ました。みんなでお金を出して、お酒や魚などを買って来たり、餅を作ったりして、にぎやかにお祝いをしま

した。

この様子を見ていた悪い爺さんは面白くありません。「あいつに、そんな良いことがあるなら、おれには、きっともっともっと良いことがあるはずだ。あいつのもらった金の斧よりもっと大きな斧をもらって来よう。」と、この悪い爺さんは思ったのです。そして、一人で山へ登って行きました。

湖の畔にある一本の太い木のところまで来ると、持って来た斧で木を切り始めました。すぐに斧の頭が外れて飛んで行って、湖の中に落ちました。悪い爺さんは、木を切る前に、斧の頭が簡単に外れるように油を塗っておいたのです。悪い爺さんは、「たいへんだ」と言いながら、慌てたり困ったりしているようなふりをしました。

そして、「神様、わたしの大切な斧の頭が湖の中に落ちてしまいました。斧が無ければ、明日から働けません。どうか、拾ってください。お願いします。」と、良い爺さんのまねをして言いました。

すると、水面に波が立って、白いひげの水神様が金の斧を持って現れました。「お前の斧はこれだろう。」

水神様の言葉がまだ終わらないうちに、悪い爺さんは手を出して「それ、それ、それです」と言いました。

水神様は怒ったような顔をしました。そして、「お前のは鉄の斧のはずだ。お前のような不正直な人間に、金の斧はやれない。」と言って、すぐに水の中に消えてしまいました。

悪い爺さんの家では、ばあさんが期待しながら待っていました。「もうすぐ、爺さんが大きな金の斧を持って帰って来る。」と考えながら、酒や魚を買ったり、餅を作ったりしていたのです。

そこへ爺さんが帰って来ました。

ばあさんは「金の斧はどこだい。」と、まるで咬

みつくように言いました。爺さんは「実は、俺が手を早く出し過ぎてしまって…」と言って、奥の部屋に入って布団を頭から被って寝てしまいました。

それ以来、悪い爺さんは山へ木を切りに行くこともしないで、村の人たちから悪口を言われて、病気にもなって、家はどんどん貧乏になってしまったそうです。

【山梨県のお話】

金斧頭

從前某個地方，有位善良老翁和壞心老翁比鄰而居。這兩位老翁的工作都是上山砍柴。善良老翁家裡相當貧窮，窮到連當天要吃的米都買不起。壞心老翁心地不好，存了許多錢，看不起那位住在隔壁的貧窮善良老翁。但是善良老翁並不在意，他認為人不做不正當的事，認真工作的話，有一天好運就會到來。

某日好心老翁患上風寒，在家休息了兩三天，精神恢復後，隔了些日子才又扛起斧頭上山。

善良老翁在山中湖旁開始砍起木頭，當斧頭一砍下去時，斧頭脫落，噗通地掉落湖裡去了。這是一瞬間發生的事情，湖水相當的深，根本不知道斧頭掉在哪兒，也無法撿拾。

「神呀！請您幫幫忙呀！幫我取出我的斧吧！」善良老翁專心一意地祈求。這時湖的正中央泛起了波紋，長長白鬍鬚的水神拿著斧頭現身了。

水神拿了斧頭給善良老翁說：「斧頭還給你！收下！」

「謝謝您。」老翁道了謝，看見水神手上

握的是閃亮美麗的金斧頭。

「水神！那把斧頭不是我的，我的不是這般美麗的斧頭。」

「是嗎？或許是我弄錯了。」水神這麼一說就又掀起一陣波紋往湖裡去了。

「你的是這一把嗎？」一會兒之後水神又從湖中現身問道。

「確實是那一把沒錯，這裡刻著我家的記號。真是謝謝您。這麼一來從明天起，我又可以拚命工作了。」老翁歡喜地回答。

「嗯！你真是個相當誠實的人，那你就連同這金斧一起帶回去吧！這是給你的獎賞。」

水神說著便將老翁的斧頭與金斧頭一起給了老翁。

善良老翁非常高興地回家拿給了家裡的老婆婆看，也把這件事告訴了村長。

村長來到老翁家裡，說道：「這真是可喜可賀的事，這是因為平日你老實認真工作的緣故！竟然能從神那兒獲得獎賞，這對我們村莊是件可喜可賀的事，我們大家一起慶祝吧！」說著就通知全村的人。

接獲消息的村人們都聚在一起，齊聲恭賀「可喜可賀！可喜可賀！」大家又是掏錢買酒、買魚，又是搗麻糬的，熱熱鬧鬧地向老翁恭禧。

看見這情形，隔壁那位壞心老翁覺得心裡很不是滋味。

「那傢伙有這麼好的運氣的話，我應該有更棒的事。我要帶著比那傢伙大一倍的金斧頭回來。」這麼說著便一個人上山去了。

壞心老翁一來到湖畔一根粗壯的樹旁時，便開始砍起木頭。斧頭立刻脫落掉到湖裡去了。壞心老翁在砍木頭之前在斧頭上抹油，好讓斧頭能輕易脫落飛出。壞心老翁口裡邊說「糟糕了」，邊裝一副慌張難為的樣子，向神祈禱：「神呀！我那寶貝的斧頭掉到湖裡去了，沒了那斧頭，明天起我就不能工作了。請您一定要幫我把斧頭撿起來，拜托您了。」他模仿善良老翁說。

這時湖面泛起了波紋，垂著長長白鬍鬚的水神拿著金斧頭出現了。

「喂！你的是這一把吧？」

水神的話還沒說完，壞心老翁便向水神伸出手說：「是！是！是那一把。」

水神一臉不悅地說：「你的應該是鐵製的斧頭才是！你這不老實的傢伙，這金斧頭不能給你。」說著就消失在水中了。

壞心公翁家裡的老婆婆滿心期待等著，她心想「老頭子馬上就會扛著大的金斧頭回來」，於是買酒、買魚，還擣了麻糬。這時候老翁回來了。

「金斧頭呢？」老婆婆緊纏著老翁問。

「我太早脫手的緣故，所以……。」壞心老翁說著便進到後邊房裡，蒙著棉就睡了。

發生這個事情之後，壞心老翁就不去山上砍柴，也被村裡的人指指點點，結果就病倒家裡變得越來越窮了。

17
食(く)えない梨(なし)

19

昔、讃岐の国[1]屋島村に広い梨畑がありました。

夏の初め、梨には真っ白いきれいな花がたくさん咲いて、まるで積もった雪のように見えました。

ぶんぶん…、ぶんぶん…。

蜜蜂はもちろん、いろいろな蜂や蝶たちが、花の香りに誘われて飛んで来るのです。そして、花から花へ、蜜を探して飛び回ります。蜂や蝶の足についた花粉は、次々に他の花に移っていきます。そして、秋になると、大きな梨の実がたくさんできて、枝が折れそうになるほどです。

「今年は豊作だな。」

梨を作っている百姓は、喜んで梨を収穫しています。それを荷車に積んで、町へ売りに行くのです。

ある年のことです。大きくなった梨の実を、百姓が取ってはかごに入れ、取って

---

[1] 現在的香川縣。

はかごに入れていました。

そこに、一人のお坊さんが通りかかりました。お坊さんは杖を突いて、半分破れた笠をかぶって、着ている衣は雨風に当たって色も落ちて汚れていました。長い旅を続けてきたようです。

「ちょっと頼みがあるのですが…。」お坊さんは、梨を取っている百姓に声をかけました。

「喉が渇いて、困っています。梨を一つ、恵んでくださいませんか。」

秋とはいっても、強い日差しが照りつける暑い日でした。お坊さんは旅の途中で喉が渇いてしまったようです。

百姓は「なんだって?」と言って、お坊さんの方を見ました。

「梨をくれだって?」

「はい、一つだけでけっこうです。いただけませんか。」

「だめだよ。」百姓は、ペッと唾を吐いて言いました。

「この梨は食べられないんだよ。おいしそうに見えるかもしれないが、硬くて食べられないんだよ。」

百姓はそう言うと、黙って仕事をし始めてしまいました。

旅のお坊さんは、がっかりしたように、力なくその場所を去って行きました。

百姓は、お坊さんが行ってしまうと、またペッと唾を吐いて言いました。「ふん。なんだ、あんな汚い乞食坊主。」

それから、百姓は収穫した梨を荷車に積んで町へ行きました。そして、「梨やあ、梨。採りたてのおいしい梨は要りませんか。」と言って、売って歩きました。

「梨ください。」

あちこちの家から、大人や子供が出て来て梨を買いました。ところが、その内の一人の子供が「硬いよ、これ。」と言いました。「食べられないよ、こんなもの!」と言って、梨を捨ててしまったのです。近所のおかみさんも「ほんとう?」と言って、梨を食べてみました。すると、やはり「ほんとうよ。なに、この梨。硬くてまずくて、これは人が食べられる梨じゃないよ。」と言って投げ

出しました。周りにいた他の人たちも食べてみましたが、同じでした。どれも硬い梨で食べられませんでした。

「おい、お百姓さん。こんな梨を売るなんて、ひどいな！梨は返す、だから、金を返してくれ。」

「そうだ、そうだ。詐欺だ！」

「金を返せ、金を。」みんなは百姓を取り囲んで、大騒ぎになりました。

百姓は「そんなはずがない。どうして…。」と思って、自分でも食べてみました。

「ぺっ！」

すぐに吐き出してしまいました。本当に、梨は硬くてまずくて、食べられない梨になっていたのです。

百姓は、みんなにお金を返して、逃げるように帰って行きました。

これ以後、この百姓の畑では、食べられる梨は一つも

できなくなってしまいました。

百姓は、旅のお坊さんが梨を一つ恵んでほしいと言った時、「これは硬くて食べられない梨だよ」と言ったことを思い出しました。

それから、間もなく、この村を弘法大師さまがお通りになったということを聞きました。

「きっと、あの時のお坊さんが弘法大師さまだったんだ。乞食坊主だと馬鹿にして、たった一つの梨をあげるのを嫌がったから、とんでもないことになってしまった。」

百姓は、親切な気持ちがぜんぜん無かったことを、とても後悔しました。しかし、もう、どうすることもできません。

村の人たちは「これは、弘法さまの尊い教えだ。」と思って、それから、誰にでも親切にすることを心掛けるようになりました。【香川県のお話】

不能吃的梨

從前在讚岐國屋島村有座寬闊的梨園。初夏時分，梨園開了雪白美麗花朵，宛如積了白雪一般。

「嗡嗡……嗡嗡……。」

除了蜜蜂之外，各式各樣的蜂蝶尋著花香飛來，從這朵花飛到那一朵花找尋著花蜜。蜜蜂蝴蝶的腳沾滿花粉，又轉飛向下一朵花，到了秋天就結滿了碩大的梨子，好像就要折斷梨枝一般。

「今年是豐收呢！」梨農歡喜收採梨子，裝上車運到城裡去賣。

這是發生在某一年的事。梨農摘下碩大的梨子放入簍子裡，接著又摘下放入簍中，忙得

不亦樂乎。這時候有一位行腳僧經過，手拿著拐杖，戴著一頂快要破掉的斗笠，穿著的衣服也因為風吹雨打而褪色髒污。和尚大概是歷經長途的旅行吧！

和尚對著正忙著採收的梨農說：「我有點兒事想拜託您！我好渴呀，正傷腦筋呢！您可不可以施捨我一顆梨子呀？」

雖說那是秋天時分，但是還是豔陽高照的炎熱天氣，行腳僧似乎是途中口渴了！

梨農看了一眼行腳僧道：「什麼？你說給你一顆梨子？」

「是的，施捨我一顆就行了。可以嗎？」

「那可不成。」

農夫呸地吐了口水說：「這個梨子是不能吃的，乍看之下似乎鮮甜，其實是硬得咬不下口。」他說著又默默地開始工作。

旅途中的行腳僧一臉失落，便步履蹣跚地離開了。當和尚身形漸遠後，農夫又呸地吐了口水，說道：「什麼嘛！髒兮兮的乞丐和尚！」

另一方面梨農把採下來的梨裝上車，往鎮上出發，邊走邊叫賣著：「梨子呀！梨子呀！要不要買剛採下來好吃梨子呀？」

「我要買梨！」大人小孩都來買梨子，其中一個小孩說：「好硬呀！這個！這哪能吃呀！」便把梨扔了。

「咦！真的嗎？讓我來嚐嚐。」附近的老闆娘也試吃了梨。

「真的！到底怎麼回事？這些梨子又硬又難吃，不是人能吃的梨呀！」

老闆娘也把梨子扔掉，然後其他買的人也都試吃了。每一個梨都一樣，都是硬得咬不下口。

「喂！種梨的！你竟然賣這種梨子，太過分了吧！梨子還你，錢退還給我！」

「是呀！這不是詐欺嗎？」

「退錢！退錢！」人們圍著梨農吵鬧著。

「咦！該不會這樣才是啊……。」梨農覺得奇怪，自己也咬了一口試試。

他也「呸！」吐了出來。真的全部都變成既硬又難吃，完全不能吃的梨子。梨農把錢全部還給大家，倉皇地逃回家了。

從那時候開始，梨農梨園裡的梨樹就長不出一個可以吃的梨子。梨農想起了之前有位行腳僧向他討顆梨子吃時，他卻回答說：「這是硬得不能吃的梨。」

不久，梨農便聽聞弘法大師行經

了這個村子。

「這麼說來，那時候的行腳僧一定是弘法大師了。我輕蔑他是乞丐和尚，就是因為我連一顆梨子也吝嗇，才會造成這種不可收拾的結果。」

梨農非常後悔自己絲毫沒有待人親切的心腸，但是已經無可挽回了。

村人們覺得「這是弘法大師崇高的教誨吧！」於是自此以後，村人們便時時留意待人親切。

長篇

18
うめわかまる
梅若丸

20

人買い藤太

千年ほど昔のことです。怖そうなひとりの男が、十二、三歳の男の子を五、六人連れて、東海道と呼ばれる京都と江戸を結ぶ道①を、東へ向かって歩いていました。男は、信夫藤太という人買いでした。藤太は京の都の子どもを騙して、奥州②へ連れていって売っていました。

子どもたちは、砂やほこりだらけになって、慣れない旅をしていたので、疲れて、みんな、倒れそうになりながら歩いていました。武蔵国の浅茅ヶ原まで来たとき、とうとう、ひとりの男の子が、疲れて動けなくなってしまいました。武蔵国というのは今の東京や埼玉、神奈川県があるところですから、とても遠い距離を子供が歩いてき

① 東海道為日本著名的五條街道之一。從江戸日本橋出發，經過西邊沿海各地，往京都去的街道。

② 現在的「東北地方」。

たというわけです。

「おい、歩け、歩かないか。」

藤太は、二度、三度鞭でその男の子を打ちました。

「どうか、許してやってください。梅若は、もう、ずっと前から、具合が悪くて、苦しがっているのです。休ませてやってください。」

すこし、体の大きな子が、藤太を見上げるようにして頼みました。

「おまえには聞いてねえ。」

藤太は、倒れている男の子の顔をじっと見ました。一目見ただけで、病気の重いことがわかりました。

「ちぇっ、このようすじゃあ、とても奥州までは行けねえだろう。ああ、腹が立つ。毎日飯を食わせて損した。」

乱暴に、その子を蹴ると、ほかの子たちに、鞭をふりあげました。

「さあ、おまえたちは行くんだ。なにをそんなところで休んでいるんだ。」

鞭を打ってほかの子供たちを先に行かせました。すこし先にある隅田川の舟の乗り場から、下総国①へ渡っていってしまいました。

たったひとり道端に捨てられた子は、梅若丸といいました。春の日の夕方、漂ってきた靄が梅若の小さな体をゆっくりと包み込んでいきました。

畑仕事から家へ帰ろうとしていた二、三人のお百姓が、動けなくなっている梅若丸を見つけました。

「おや、子どもがこんなところで倒れている。かわいそうに、まだ生きているようだ。看病をしたら、助かるかもしれないぞ。」

「おい、大丈夫か、しっかりしなさい。」

親切な里の人は、舟の乗り場の近くの小屋へ抱きかかえて連れていって、看病しま

---

① 「下総国」是現在千葉縣北部及茨城縣南部的區域。

した。

けれども、助かりそうもありません。見たところ、都育ちらしい、上品な、美しい顔をした子どもです。せめて、名前や生まれたところを聞いておいてやろうと尋ねました。

「おい、おまえは、どうして、こんなことになったのだ。生まれはどこだ。名前は何だ？」

「はい……。」

梅若丸は、苦しそうに息をしながら、聞かれたことに答えました。

梅若丸は、京都の吉田少将維貞という身分の高い公家の子どもでした。お父さんが早く亡くなって、お母さんと二人で暮らしていましたが、あるとき、お父さんのお墓参りに行った帰り道、信夫藤太に騙されて無理やり連れてこられたのでした。

「ここでわたくしが死んだと聞きましたら、母はどんなに悲しむことでしょう。どうか、わたくしが死にましたら、道端に埋めて、その印に柳の木を植えてください。たまには都の人も通るでしょう。私はその柳から都の人の姿だけでも見たい

と思います。」

隅田川の川の上を、かもめが、悲しそうに鳴きながら飛んでいました。梅若丸は、その鳴き声を聞いていましたが、しばらくすると、

たずねきて　とわばこたえよ都鳥
隅田川原の　つゆときえぬと

と、歌を詠み、お経を唱えて死んでしまいました。

この歌は、もしも、お母様がわたしを捜しにきたら、都鳥①よ、わたくしはお母様のことを思いながら、隅田川のそばで死んでいったと伝えておくれという意味です。

① 這裡指的是海鷗的意思。

「かわいそうに。いまごろ、この子の母親はどんなに捜していることだろう。」

里の人たちは、みんな、涙を流しました。頼まれたとおり、梅若丸を道のそばに大切に埋めてお墓を作り、柳の若い木を植えてやりました。ちょうど、そこへ羽黒山の忠円という偉いお坊さんが、旅の途中通ったので、お願いしてお経を読んでもらいました。

21

つかのやなぎ

一年たちました。三月十五日、梅若丸が亡くなって一年がたちました。里の人たちは、梅若丸の魂が安心できるように、お墓の前に集まって、長いお経を読み始めました。舟の乗り場へ向かう途

中、そばを通った三、四人の旅人が、足を止めて尋ねました。

「熱心にお経を読んでいらっしゃいますが、何かあったのですか。」

里の人は、去年ここで起こった悲しいできごとを旅人に話しました。そして、

「お急ぎでなかったら、みなさんもお経を読んでやってください。」と言いました。

「なんとかわいそうな話だろう。人買だって？悪い奴もいるものだ。わたしも、ちょっとお経を読んでいきましょう。」

「わたしも、そうしましょう。」

旅人たちの後ろに、笹の枝を片手に持った女がいました。髪は乱れ、歩き方もふらふらしていて[1]、気が狂っているようです。けれど、汚れてはいますが、よい着物を着て、上品な顔をしています。

---

[1] 步履蹣跚。ふらふらと：副詞，身體搖晃：踉蹌。

悲しそうな、ぼんやりしたようすで、ほかの人といっしょに話を聞いていましたが、突然、里の人の袖をつかんで、

「いまの話は、いつのことですか。」と、聞き返しました。

「さっきも言ったとおり、ちょうど、去年のきょうですよ。」

「その子の年は、いくつ…。」

「十二。」

「そして、名前は。」

「梅若丸。」

すると、その女は、急に、大きな声を上げて泣きはじめました。

梅若丸のお母さんだったのです。とても心配していたので、心がおかしくなったのでした。

「その子こそ、わたしの探している梅若丸です。人買いの男に東の方へ連れてい

かれたと聞いたので、京の都から、こうして、ここまで捜しにきたのです。」

「それでは、あなたが、あの子のお母さんかい。」

里の人は、悲しくて心が変になってしまうなんて、かわいそうだと思いました。

「さあ、いっしょに行きましょう。行って、あの子のためにお経を読んであげましょう。」

優しくそばで支えながら、お墓の前へ連れていきました。お墓のそばには、若い柳の細い緑の枝が糸のように、春風に揺れていました。

「おお、梅若丸、こんな姿になってしまって。」

お母さんはお墓の方へ走っていくと、その前で、わっと大きな声を上げて泣きました。

「どんなに悲しいことでしょう。そのお気持ちはよくわか

ります。ですが、お母さんがお経を読んであげるのが、亡くなったお子さんが一番よろこぶことですよ。早く、お経を読んであげてください。」

みんなにそう言われて、お母さんは、泣きながらお経を読みました。

「わたしは、どこへも行きません。一生、梅若のそばにいたいと思います。」

そういって、髪を剃って尼になりました[1]。

里の人たちは、お墓の近くに、尼となったお母さんが住む庵を建ててあげました。

梅若丸のお母さんは、この庵に住み、毎日お経を読んで、里の人たちから、着るものや食べものをもらって暮らしていました。けれど、心の病気が、すっかり治ったわけではありませんでした。お経の途中で、急に、裸足のまま外に飛びだして、

「梅若や、梅若や。」

と、叫びながら、くるくると回ったりするのでした。そして、近くの浅茅ヶ池に顔を映して、それを梅若丸だと思い、

---

1 「髪を剃る」（指削髪為尼之意）

「ただ一言でいいから、お母様と呼んでください。」そう言って涙を流すのでした。

ある朝のことでした。お母さんは、浅茅ケ池の水に映った顔に呼びかけているうちに、ふと、意識がはっきりしました。すると、梅若丸だとばかり思っていたその顔は、痩せた自分の顔だったことに気づきました。

自分が心の病であることを知ったお母さんは、大変恥ずかしく思いました。そして、このまま、何年生きていても、もう二度と梅若丸には会えないのだと、これからの自分の人生を悲しく思いました。

かくばかり　わがおもかげのかわりけん
あさぢが池に　水かがみして

と、歌を書き残して、衣を脱いでお墓の上にかけると、池に飛び込んでしまいました。【東京都のお話】

梅若丸
人口販子藤太

距今約一千年以前，有位面目猙獰的男子，帶著五、六個十二、三歲的男孩，沿著連接京都及江戶的東海道往東方走。男子名叫信夫藤太，是個人口販子。他在京城一帶誘拐小孩，帶到奧州去賣。

小孩們一身砂塵，對這陌生的旅程已經精疲力盡，大家都步履蹣跚地走著。一行人來到武藏國的淺茅之原時，終於有一位小孩疲憊不堪再也走不動了。武藏國是在現今的東京及埼玉、神奈川縣一帶，這群孩子實在是走了很遠的距離。

「喂！快走！你不走嗎？」藤太揮鞭子抽打了那小孩兩三鞭。

有個身材高大的孩子抬頭望著藤太拜託說：

「請您原諒他。梅若老早就身體不舒服很痛苦，請讓他休息吧！」

「沒人問你話！」藤太盯著那倒在地上的孩子仔細地瞧，一眼就知道男孩病得不輕。

「啐！這情況下大概到不了奧州吧。真倒楣！白吃了我的飯。」藤太粗暴地一腳踢開那孩子，隨即又對其他的小孩揮動皮鞭說。

「走！你們得去奧州！別休息！」

藤太不停鞭打其他的孩子，催趕他們繼續往前走。這一行人便從前方隅田川的乘船處，往下總國去了。被孤伶伶拋棄在路旁的小孩叫

做梅若丸。在春日夕陽餘暉中，雲靄緩緩地環繞著他的小小的身軀。

有兩三位農夫結束田裡的工作踏上歸途，發現了奄奄一息的梅若丸。

「唉呀！有小孩好可憐地倒臥這種地方！他似乎還有一絲氣息，好好照顧的話，或許還有救。」

「喂！小孩兒！撐著點！」

親切的村人抱起梅若丸到乘舟碼頭附近的小屋中好好照料，但是他似乎沒救了。看他的樣子似乎是京城出生，有著優雅秀麗的臉龐。至少也得問問他的名字或身世吧！於是村人問道：

「孩子啊！你為什麼變成這樣？你哪裡人？名字叫什麼？」

「是……。」梅若丸痛苦喘息地應答。

梅若丸是京都的朝臣吉田維真少將的公子，父親早逝，和母親兩人相依為命。有一天到父親墳地掃墓，回家途中被信夫藤太欺騙，強行被帶來這裡。

「要是我母親聽到我死在此處，該會多麼悲傷呢！如果我死了，請將我埋在路旁，並種棵柳樹當做記號吧！也許偶爾會有京城的人經過吧！我想透過那柳樹，看看京城人的身影啊！」

海鷗飛過隅田川的河面悲傷地哀鳴著。梅若丸聽了海鷗的鳴叫聲，就吟詠了一首詩：

「如來尋找就請回答吧！都鳥！
隅田川旁　和朝露一起消失。」

梅若丸就在唸佛聲中去世了。

這首詩中說道：如果母親來尋找我，海鷗呀！請轉告我母親，我思念著她，長眠在隅田川旁了。

「可憐呀！現在這孩子的母親該是多麼焦急地在尋找他呢！」每位村人們都漱漱地流下眼淚。

按照梅若丸的託付，村人們將他的遺骸好好地埋在路旁，並種了一棵幼小的青柳。那時恰好有位名為忠圓的羽黑山道行高深的僧人經過，就拜託他為梅若丸誦經超渡。

墓塚的楊柳

一年過去了。到了三月十五日這一天，梅若丸就過世屆滿一年了。村人們為了安慰梅若丸的靈魂，齊聚在墓塚前，誦起長長的佛經。幾位前往乘舟碼頭途中的旅人，也佇足問道：

「你們好誠心地誦唸佛經啊！發生過了什麼事嗎？」

村裡的人就把去年發生在這裡的悲傷故事，說給旅人聽，並說：「要是你們不趕路的話，就一起來為他唸佛吧！」

「真是悲傷的故事啊！人口販子真是喪盡天良的傢伙。我也去為亡者唸佛吧！」

「我也為他唸佛吧！」

在這些旅人身後，有一位女子一隻手拿著竹枝，蓬頭亂髮、步履蹣跚，一副精神失常的樣子。但是雖然她蓬頭垢面，卻穿著上等的和服，容貌優雅。

她一幅哀傷失神的樣子，和其他人一起聽著村人說的故事。突然她抓住村人的衣袖問道：「剛才的故事是什麼時候發生的？」

「如同剛才所說的，剛好是發生於去年今天的事。」

「那孩子幾歲？」

「十二歲。」

「叫什麼名字？」

「梅若丸。」

一聽完，那女子便放聲大哭了起來。

原來這位就是梅若丸的母親，由於太過擔心梅若丸，以致於精神失常。

「那孩子正是我在找的梅若丸！聽說他被人口販子帶往東方，我便從京都一路找來。」

「那麼，你是那孩子的母親？」村人覺得這女人很可憐，竟然悲傷得發狂。

「那，我們一起去吧！去唸佛迴向給他吧！」村人輕輕地扶著她，帶她到墓前。墓塚旁的青柳綠枝宛如細絲一般，在春風中搖曳著。

「啊！梅若丸，你竟然變成一堆黃土！」

梅若丸的母親奔向墓前，在墓前放聲悲泣。

「這是多麼悲傷的事啊！也難怪！我們深切了解您的心情，但是若您能為梅若丸誦唸佛經，就是那不在人世的梅若丸最高興的事。

來！快為他唸佛吧！」

在大家的勸說之下，梅若丸的母親便悲泣著誦唸佛經。

她說：「我哪兒都不去，我想永遠待在梅若丸的身旁。」於是便削髮出家為尼。

村人為梅若丸削髮為尼的母親，在墓塚旁築了一間草庵，她就住入這間草庵每天唸佛，靠著村人給的衣服及食物生活。但是她精神失常的毛病並沒有完全康復，有時誦經到一半時，她會突然赤腳奔出草庵外喊著：「梅若呀！梅若呀！」失神地繞圈子，然後走到附近的淺茅池，看著映照在水面上的人影，以為是梅若丸，就對著人影說：「只要一句話就好，你叫我一聲媽媽吧！」說著便哭了起來。

某日清晨，她又對著映照在淺茅池面的人影呼喚時，忽然恢復了意識，發覺到那一直以

為是梅若丸的臉，其實是自己瘦削衰老的容貌。

梅若丸的母親知道自己失心發瘋，感到相當羞愧。進而想到自己即使再活幾年也見不到梅若丸，便覺得自己的人生悲哀。於是寫了一首詩：

我的容貌　已經改變了吧！

淺茅池水　當作映照的水鏡啊！

吟完詩歌後便將衣服脫去蓋在墓塚上，投池水自盡了！

19 ざる売りとおかみさん

22

産神の話

昔、ある村に一人の百姓がいました。ある時、この百姓が旅に行って、その帰り道でのことです。

村に着く前に夜中になってしまいました。そして、村の近くまで来た時には、大雨も降り始めました。百姓は、急いで近くにあった祠に走って行きました。それは道陸神[1]を祀った祠でした。

百姓は頭を下げて、「道陸神さま、雨が止むまで祠の中にいさせてください。」と言って祠の中に入りました。

それから、間もなく、突然、馬の足音が聞こえて来ました。同時に、誰かが祠の外

---

1 同「道祖神」。

に立っている気配がします。すると、その誰かがこちらに向かって話しかけて来たのです。「道陸神はいらっしゃいますか。今夜は、東村で赤ん坊が二人生まれます。その赤ん坊の運命を決めに行きましょう。」

驚いたことに、今度はこちらの祠から返事をする声がしたのです。「おお、産神ですか。せっかくのお誘いですが、今は出掛けることができません。雨宿りの客がいるのです。産神お一人で、いらっしゃってください。」

外からは「そうですか。わかりました。では、今夜は一人で行って来ます。」という声が返って来ました。

そして、また馬の足音がして、その足音は遠くへ走って行くように、だんだん小さくなって、聞こえなくなりました。

産神というのはお産を守ってくれる神様で、道陸神というのは道の神様で災いが村に入ってくるのを防いでくれる神なのです。

神様たちの不思議な会話を聞いていた百姓は驚いてしまいました。そして、ぼんやりしながら「道陸神と産神の話を聞くなんて、本当に珍しいことに出会ったもん

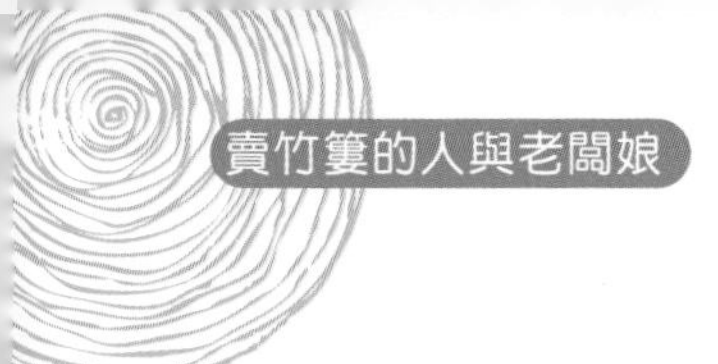

だ。」と思っていました。

ところが、しばらくすると、また馬の足音が、今度は村の方から聞こえて来たのです。馬の足音は祠の前で止まりました。そして、声がしました。「東村に行って来ました。本家の方は男の子で、分家の方は女の子でした。女の子には福分がありますが、男の子の方には運がありません。ですから、この二人を将来夫婦にすれば、この女の子の福分で家は発展するでしょう。」

「ご苦労様です。わざわざ知らせてくださって、ありがとうございます。」

「いえいえ。では、失礼します。」

また馬の足音がして、やがて聞こえなくなりました。

実は、その百姓の村も東村という名前の村で、百姓の妻ももうすぐ子供を産む予定だったのです。百姓は「もしかすると」と思っ

て、急いで家へ走って行きました。

百姓が家に着くと、男の子が生まれていました。そして、隣の分家には、女の子が生まれていたのです。百姓は本当にびっくりしてしまいました。そして、「これは、産神の言葉の通りにしなければならない。」と思って、すぐに分家に行って相談しました。

「本家と分家に子供が同じ日に生まれて、それが男の子と女の子だなんて、本当におめでたいことだ。将来、二人を夫婦にさせませんか。」

「それは、たいへん良い考えだ。そう決めましょう。」

分家に生まれた女の子には福分があって、本家に生まれた男の子には運がないことは、分家の人たちは知りません。だから、すぐに話が決まりました。

そして、二人の子供は大きくなると夫婦になりました。

その後、産神の言った通り、本家は田畑も増えて、蔵もできて、家はだんだん大きくなりました。

ところが、男は心が狭くてケチでした。反対に、女は心が広くて、家族にも他人にも喜んで分けました。でも、男はそれがとても不満でした。ある日、男は赤飯を作って、それを赤牛に縛り付けました。それから、女を赤牛の背中に乗せました。そして、「どこへでも行け」と言って、追い出してしまったのです。

23

山奥の家

女は歩き続ける赤牛の背中で泣いていました。

牛はだんだん山の中に入って行って、山奥の一軒家の前で止まりました。

家の前には、その家の主人が立っていました。主人は、牛の背中で泣いている女を見て言いました。

「どうしたんだ。うちに入って休みなさい。」

主人はたいへん親切な人で、女を家の中に連れて行って休ませてあげました。女は他に行く所がありませんでしたから、この家の主人のおかみさんになりました。

すると、間もなく、この家の生活がだんだん裕福になってきたのです。たくさんの人を使うようになって、何も困らないようになりました。

ちょうど同じ頃、この女を追い出した本家の息子は損ばかりしていました。だんだん、お金がなくなって、先祖からの田畑も売ってしまいました。そして、すっかり貧乏になって、ざる売りになってしまいました。

男は「ざるは要りませんか、ざるは要りませんか。」と言いながら、あちこちでざるを売っているうちに、山の中の大きくて立派な家の前に来ました。すると、家からおかみさんが出て来て、持っていたざるを全部買ってくれたのです。男は、その後も、他の所でざるがぜんぜん売れない時は、この家に来ては買ってもらっていました。

ある日、ざるを売りに来た男の顔を、この家のおかみさんがじっと見ながら言いました。

「どうして、あなたは、そんなに貧乏になってしまったのですか。昔の妻の顔も忘れたのですか。」

この時、男は、このおかみさんが、むかし赤牛に乗せて追い出した妻だと初めて気が付きました。男はびっくりしました。びっくりし過ぎて、口から泡を出して倒れて死んでしまいました。

おかみさんは、それを見て、かわいそうに思いました。誰も気が付かないうちに、おか

みさんは竈の後ろの土間に男を埋めました。そして、ぼた餅を作って供えてやりました。

夕方になって、田畑で働いていた人たちが帰ってきました。おかみさんは「今日は竈の後ろに荒神さま[1]を祀って、そのお祝いにぼた餅を作ったんですよ。皆さん、いくつでも食べてください。」と言いました。

この時から、この辺りの農家では、ぼた餅を作って竈の神様のお祭りをするのだそうです。【千葉県のお話】

[1] 荒神：「三寶荒神」的略稱。竈神。

賣竹簍的人與老闆娘

生產神的故事

從前某個村莊有一位農夫，這是個發生在他某日外出歸來途中的事情。當天他還沒到村子之前就已經是半夜，快到村子時還下起了傾盆大雨。農夫急急忙忙跑進附近的道祠，道祠祭祀的是道祖神。農夫行個禮說：「道祖神啊！請您讓我在您的道祠中躲雨。」說著便進入道祠中。

不久他突然聽到馬蹄聲，同時覺得似乎是誰站在道祠外，朝向這邊說道：

「道祖神在家嗎？今晚東村有兩個嬰兒出生，我們一起去幫出生的小孩決定命運吧！」

令人驚訝的是，接著聽到這邊回答的聲音：「哎呀！是生產神嗎？勞您特地前來邀我，不巧現在有躲雨的客人在，我無法出門，就拜託生產神您一人前往了。」

「是嗎？那麼就我自己一個人去了。」

躂躂馬蹄聲漸漸遠去，逐漸消失聽不見了。

生產神是保佑平安生產的神祉，而道祖神是防止災害進入村落的道路之神。農夫聽了神明們的對話，大吃一驚。他失神地想著「我竟然聽到了道祖神和生產神的對話！這可真是難

得一遇的巧事啊！」

過了一會兒，這一次是從村落那頭傳來了馬蹄聲。馬蹄聲在道祠前停住了，然後有聲音說道：

「我剛從東村回來，本家這一邊生了男兒，旁支這一家生了女兒。女兒這邊有福分，而男兒那邊沒有福分。因此讓這兩人結成夫妻，靠著妻子的福分讓家族興旺起來吧！」

「辛苦您了。謝謝您特地來告訴我！」

「那麼，告辭了！」

不久，馬蹄聲就遠去聽不見了。

其實那農夫的村子也叫東村，他的妻子也預計即將生產。他心想「該不會就是我家……」，便急忙跑回家去了。

農夫回家後發現他家裡生了個兒子，而隔壁的旁支這一家生了個女兒。農夫大吃一驚，心想這非得照著生產神所說的去做不可，於是隨即到旁支那一家商量婚約。

「我們兩家孩子同一日出生，恰好是一男一女，可真是可喜可賀！將來就讓他們兩人結為夫妻吧！」

「這真是好主意！就這麼決定了！」

旁支這一家不知道自己的孩子有福分，而

本家的孩子沒有福分的事，所以就立刻允下婚事，而兩個小孩子長大成人時就結為夫婦。

之後就如生產神所說，本家田地也增加了，也建造了米倉，家族逐漸興旺起來。然而那男子心胸狹窄，凡事斤斤計較；相反的那女子心胸寬大，對家人或是外人都不吝分享。那男子對此相當不滿，某日他煮了紅豆飯，把它綁在一頭赤牛上，讓那女子坐上牛背，然後對她說：「隨便你愛去哪裡就去吧！」將她趕出去。

深山的房子

那女子坐在赤牛背上不停地哭泣。牛漸漸地走入山裡，來到了深山的一棟房屋前停了下來。

這兒的主人站在房子前面。當他看見坐在牛背上哭泣的女子，就說：「您怎麼啦？請進來我家休息一下吧！」

說著，就讓她進來休息。這家主人是個非常和藹可親的人，女子無家可歸，所以就嫁給了這一家主人。過了不久，這家的生活立刻就富裕起來，僱用了許多的傭人，生活無憂無慮。

就在那同時，把那女子趕出家門的本家兒子這邊則是不斷虧損，最後千金散盡，連祖先代代傳下來的田產都賣光了，家道中落淪為賣竹簍的人。

「有沒有人要買竹簍呀？有沒有人要買竹簍呀？」

男子拿著竹簍到處叫賣，他來到了山裡一間宏偉豪華的宅邸前面，這時老闆娘出來把他所有的竹簍全都買下。男子從此之後，只要在別處竹簍賣不出去，就來這裡讓老闆娘買下他的竹簍。

有一天，府邸的老闆娘直盯著賣竹簍的臉瞧道：「你怎麼會落魄到這種貧窮地步呢？連原來妻子的容貌都忘記了？」

這時男子才初次察覺，這位老闆娘就是被自己放在牛背上掃地出門的元配。由於太過驚訝，他竟然往後一倒，口吐白沫嗚呼哀哉了！

老闆娘看了覺得他很可憐，趁沒人察覺前將男子屍體埋入爐竈後面沒鋪地板的地方，做了牡丹餅祭拜他。

到了傍晚，在田裡工作的人們回來後時，老闆娘對他們說說：「今天爐竈後面祭拜著竈神，為了慶祝做了牡丹餅，大家盡情吃吧！」

據說，從此以後這一帶的農家都做牡丹餅來祭拜竈神。

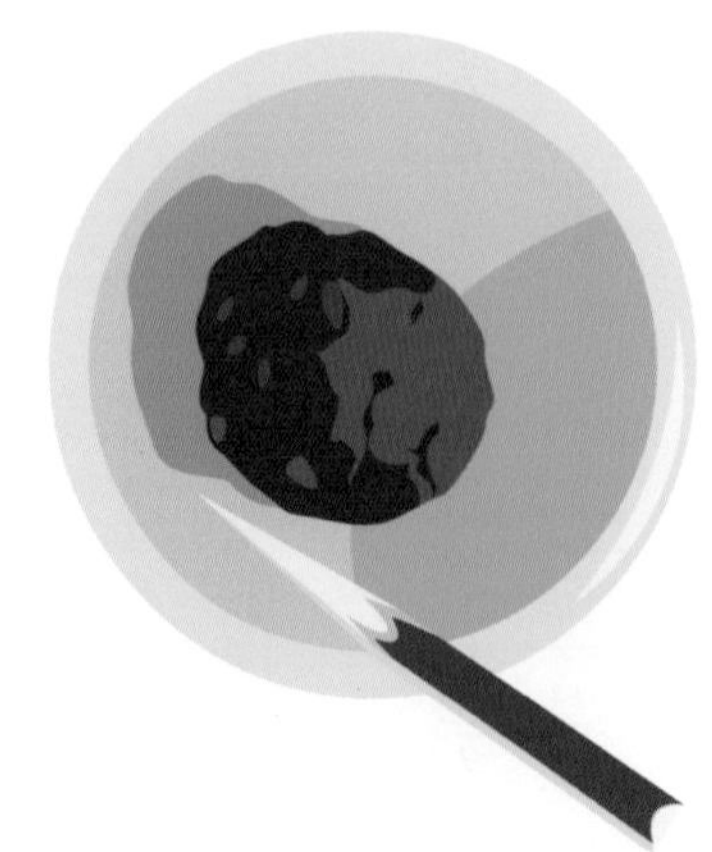

20 養老の滝

24

（一）養老[1]の滝

むかし、美濃国に、年をとったお父さんと、二人だけで住んでいる息子がいました。お父さんは、もう、ずいぶん年でしたから、働くこともできません。家の中で寝たり起きたりしていました。

息子は、山へ行って薪を切り、それを町まで背負って行って、お金と換えて、暮らしていました。

お父さんは、たいへん、お酒が好きでした。夕ご飯の前に、温めたお酒を一本飲まないと、どうしても寝られないのでした。

もともと、親思いの息子でしたから、どんなに貧乏していても、お酒を毎日用意しました。

---

1 「養老」是元正天皇（在位期間七一五—七二四年）之年號。因為此述「養老之瀧」之故而更改原年號為「養老」。

「おまえにも、苦労をかけるなあ。わしが酒が好きだから、その分お金がかかってしまう。」

お父さんは、いつも、息子にあやまるのでした。

「何を言っているんですか、お父さん。いつまでも、長生きして、好きなお酒を飲んでくださいよ。わたしはそれが楽しみで、仕事をがんばることができるのです。」

「すまんなあ。」

お父さんは、そう言いながら、おいしそうに杯のお酒を飲みました。

息子は、山へ出かけるときは、いつも、しょいこという薪を背負う道具に瓢箪をつけていきました。町で買ったお酒を、それに入れて帰るためです。

カラン　カラン

と、瓢箪が、しょいこに触って鳴ります。

（今日もこの瓢箪に、たっぷりお酒が買えたらいいんだがなあ。）

息子は、祈るような気持ちで、山道を登っていきました。
薪の値段は、日によって、高く売れたり、安かったりします。安いときは、その日の米や味噌を買うと、お父さんのお酒を買うお金は、ほんの少しになってしまいます。

「さあ、召し上がれ。」
と言って、息子が瓢箪を渡すと、いつもお父さんは、瓢箪の首のところを持って、ちょっと振ってみます。そのとき、
シャピン　シャピン
と、底の方で、小さな音がするとき、お父さんはとても寂しそうでした。
そんなときは、
（ああ、お金があったらなあ。いつでもお父さんのうれしそうな顔が見られるのになあ。）
と、息子は思うのでした。

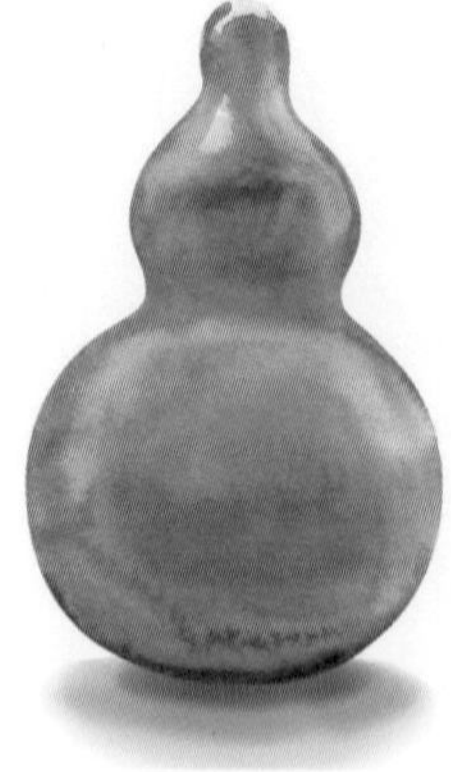

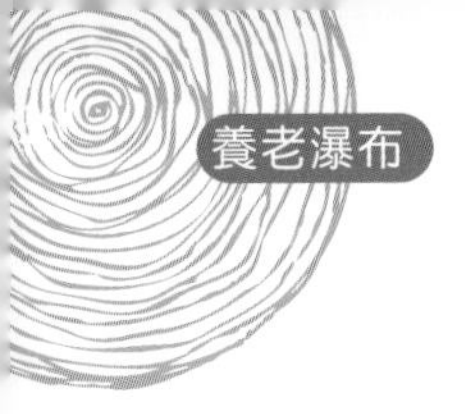

ある日、息子は、いつものように、薪を背負って、山道を下っていましたが、石につまずいて[1]、転んでしまいました。

薪が重かったので、前へ転んでしまいました。ほっぺたをけがするくらい、ひどい転び方でした。

息子は、しばらくは起き上がることもできなくて、そこにじっとしていました。

すると、どこからかはわかりませんが、ぷーんと、お酒の匂いがしてきます。

（なんだ？）

息子は、体の痛みも忘れて、その匂いを確かめていました。

確かに、お酒の匂いです。

1「躓く」（絆倒，絆到）。

（変だなあ。）

息子は、しょいこを下ろして、立ちあがりました。よく見ると、さっきつまずいた石のそばから、こんこんと、水が湧き出ていました。

お酒の匂いは、そこから漂ってくるのでした。

水を手ですくって、飲んでみました。

お酒です。すうっと飲めるとてもおいしいお酒です。

「わあっ、酒だっ。酒の泉だ。」

息子は、飛び上がって、喜びました。そして、しょいこから瓢箪を取って、その泉のお酒を、いっぱい入れて、家へ帰ってきました。

「お父さん、どうぞ飲んでください。」

「ありがとう。」

お父さんは、こっ、こっと、音をたてて、杯にそのお酒をつぎました。

息子は、もしも、それがただの水になっていたりしたら、どうしようと、お父さん

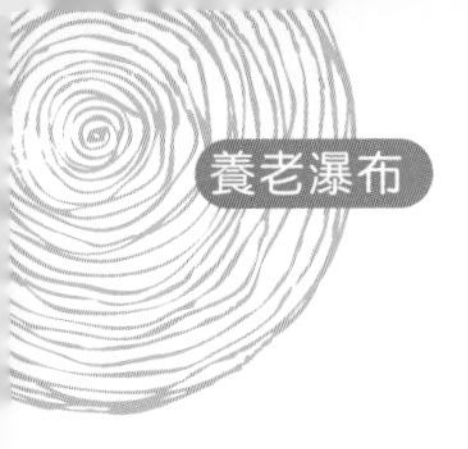

の口もとばかり、見つめていました。しかし、お父さんは、

「これはおいしい酒じゃ。特別、上等の酒じゃ。」

と、言いながら、うれしそうに飲んでいました。

次の日も、その次の日も、同じように、泉からはお酒が流れだしていました。

こうして、息子は、毎日、この泉のお酒で、お父さんを楽しませることができました。

いつか、このことは、その時の天皇のところにまで伝わりました。

「それはとてもいい話ではないか。その息子の親思いの行動が、神さまに通じたのだろう。」

とおっしゃって、「美濃守」という位を与えました。

それから、その泉の水の落ちるところを、「養老の滝」と名づけられ、年号も「養老」と、お改めになったといわれています。

25

〔二〕孝子が池

むかし、下呂町に、左近という若者がいました。小さいときに、お父さんが亡くなって、お母さんと二人で暮らしていました。そのお母さんも、風邪が原因だったのですが、ずっとよくならず、寝ていました。はじめは、左近も、

（すぐ、よくなるだろう。）

と、思っていましたが、よくなることはなく、悪くなる一方でした。

とうとう、病気が重くなり、命が危なくなってしまいました。

左近は、なんとかして、お母さんの病気をよくしたいと、あちこちの医者に診てもらいましたが、みんな、

「お母さんを治す方法はありません。」と言うのです。

(治す方法がないなら、お母さんの一番の願いを聞くことにしよう。)

と、左近は思いました。

「お母さん、何かしてほしいことはありませんか。あったら、どんなことでもいたしますから、おっしゃってください。」

左近は、お母さんの耳元で優しい声で言いました。

お母さんは、少し目を開けて、

「特には望みはないけれど、この世の思い出に、近江[1]の琵琶湖の水が一口飲みたい。」と言いました。

[1] 滋賀縣

「そんなことは、簡単なことです。これから私が、走っていって、水を持って帰りますから、どうか、それまでがんばっていてください。生きていてくださいよ。わたしが帰るまで、絶対に待っていてくださいね。」

と言うと、左近は、竹筒を抱えて、家を出ました。

飛ぶようにして、琵琶湖に着き、竹に水を入れると、すぐ帰りはじめました。

もう、そこに、わが家の屋根が見えるところまで来たとき、となりのお婆さんに会いました。

お婆さんは、左近の顔を見ると、

「左近様、お気の毒でした。」と言って、力なく、そこへ座ってしまいました。それで、

（お母さんは死んだんだな。）と、左近は思いました。

「あ、あ。」

左近は、そのとき、手に持っていた竹筒を落としてしまいました。

すると、不思議なことに、こんこんと竹筒から流れ出た水は、大きな池となりました。これが、今も残っている「孝子が池」だと言われています。1

【岐阜県のお話】

1 這類的孝親故事中，孝子為了父母親千辛萬苦去取水，是其共通點。有的故事中，孝子跌倒後打翻的水就變成泉水。

養老瀑布

（一）養老瀑布

從前在美濃國，有位年邁老父親和兒子兩人相依為命過活。父親因為年紀大而無法工作，在家中過著起床又睡、睡了又起床的日子。兒子則是上山砍柴，再將柴薪背到鎮上賣，以維持家計。

父親非常喜歡喝酒，晚飯前不喝上一壺溫酒的話，就難以入睡。兒子是個孝子，無論家裡多麼貧窮，每日都會為父親備上些酒。

「讓你辛苦了！就是因為我愛喝酒，讓你多花了錢。」父親經常向兒子道歉。

「哪兒的話！父親您要長命百歲，喝著您喜歡的酒！讓您喝酒是我的樂趣，這樣我工作起來也起勁。」

「真對不住你啊！」父親嘴裡邊這麼說著，邊美味地飲酒下肚。

兒子上山時經常把空葫蘆繫在背架上，好將在鎮上買的酒裝入葫蘆帶回家。葫蘆碰上背架發出了喀啷、喀啷的響聲。他爬著山路時，心裡總是盼著：

「今天如果也能買滿滿的酒裝入葫蘆裡，那該多好啊！」

柴薪價錢因日而異，時而價錢好，時而價錢賤。價錢便宜的時候，買了當天的米、味噌，父親酒錢就只剩微薄幾文了。

「您請喝吧！」兒子說著遞上葫蘆時，老父親總是先握著葫蘆頭，微微搖一搖。葫蘆底發出微弱的水聲時，老父親總是一臉神情落寞。那時兒子就想「啊！要是有錢，我就可以

時時看到父親高興的神情了！

某日兒子如往常般背著木柴走下山路，結果他絆到石頭摔了一跤。因為柴薪太重，整個人往前滾，慘跌得連臉頰都受傷了。他一時之間爬不起來，整個人跌坐在那裡。就在那時，突然間不知從哪兒飄來了酒香。

「咦！」兒子忘記了身體的疼痛，聞著那個香味——那的確是酒香。

「怪了！」兒子放下了背架站了起來。仔細一看，剛才絆倒他的那顆石頭邊，有水汩汩地湧出來，酒的香氣就是從那邊飄散出來的。兒子掬把水試喝，發現那是酒！喝下後，那的確是美味的好酒！

「哇！是酒！是酒泉！」兒子高興地跳起來，他將葫蘆從背架上解下，裝入滿滿湧泉酒帶回家中。

「父親！請喝！」

「謝謝。」父親咕咕地把酒倒入酒杯。兒子緊盯著父親的嘴角，心想「如果那湧泉酒變成普通的水，該怎麼辦？」但是父親歡喜地喝著酒說：「這真是好酒呀！特別上等的酒呀！」。

第二天和第三天也是如此，湧泉湧出了美酒來，就這樣兒子每天就可以用這湧泉美酒讓父親高興。

不知何時，這個故事傳入了當時的天皇的耳裡，天皇說：「那真是動人美談呀！大概是因為那位兒子孝感天神吧！」於是便賜給他「美濃郡守」的職位。自此以後，據說那個泉落之處，被命名為「養老瀑布」，年號也改為「養老」。

（二）孝子池

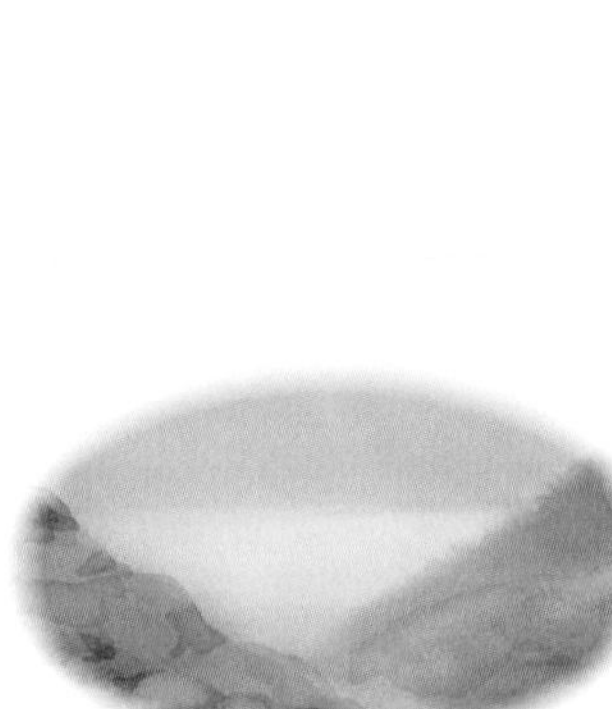

從前在下呂町有位叫做左近的年輕小伙子，他自小喪父與母親相依為命。某日母親竟因感冒久不癒而臥床不起。剛開始左近想「這病馬上就會康復了吧！」但是母親的病不僅沒有痊癒，反而益發嚴重、性命垂危。

左近想盡辦法希望母親的病可以好轉，也請了各方大夫來看，但是每位大夫都說「您的母親已經無可救藥了」。

左近心想：「既然沒有治療的方法，就為媽媽完成她最想達成的願望吧！」

左近靠近母親的耳邊說：「母親！您是否有什麼想做的事？有的話，無論什麼事我都會為您做。您說吧！」

母親微微地睜開眼說：「我是沒什麼特別想要的，但是想喝一口近江的琵琶湖湖水，做為在這世間的回憶。」

「那事情容易辦！我馬上跑一趟把水取回來，所以在我回來之前，請您一定堅持活著，等我回來！」

說著，左近便抱著竹筒飛也似地跑到琵琶湖畔，將水裝入竹筒後旋即返回。回到望得見家中屋脊處時，碰見了鄰家老婆婆。阿婆一見到左近便說：「左近啊！可憐呀！」無力地坐在那裡。

左近心想「是母親去世了嗎？」便「啊～」一聲，手中的竹筒掉落在地。不可思議的，從竹筒汩汩流出來的水竟變成了一座大池，據說這就是留傳至今的「孝子池」。

21

欲張り宿屋

26

昔、ある所に、とても欲張りな宿屋がありました。

この宿屋の主人が欲張りなだけではなくて、そのおかみさんがもっと欲張りだったのです。それで、いつからか、みんなはこの宿屋のことを「欲張り宿屋」と呼ぶようになりました。

ある時、大金を持った一人の旅人が泊まりました。

「おいおい、今日の客は大金を持っているようだよ。」と主人が言いました。

おかみさんも「そうだね。なんとか、大金をもらうことはできないものかね。」と言いましたが、客のお金なのですから、どうしようもありません。

そんなことを考えていると、その旅人が主人を呼びました。そして、「実は、私は少しまとまったお金を持っているんです。心配なので、預かってもらえません

か。」と言ったのです。

主人は「はい、わかりました。確かに、お預かりします。」と言って、旅人からお金を預かりました。おかみさんは、主人が預かったお金を見ながら「あの客がお金を預けたことを忘れてしまうと良いね。」と言いました。

「それは無理だろう。たくさんのお金を預けて、忘れて行くような人間がいるはずがないよ。」

「だから、頭を使うんですよ。」

おかみさんは、今度は小さな声で言いました。「客にみょうがを食べさせるんですよ。」

「なに、みょうがが？」

「そうですよ。忘れみょうがというのを聞いたことはないですか。みょうがを食べると、物忘れするんですよ。だから、たくさんみょうがを食べさせれば、あの客はだんだんお金のことを忘れてしまいますよ。」

「なるほど。それはいい考えだ。」

「そうでしょう。」

「よし。たくさんみょうがを買って来い。」

欲張りな主人と欲張りなおかみさんは、こんな相談をしたのです。

この頃、みょうがは時季が少し早くて値段が高かったのですが、おかみさんは思い切って、たくさん買って来ました。そして、二人はみょうが料理を作り始めました。みょうがの汁、みょうがの煮付け、みょうがの味噌和え、みょうがの油炒め…何から何まで全部、みょうがばかりの料理が出来上がりました。そして、金持ちの旅人にこの料理を出したのです。

旅人は料理を食べながら、「この辺は、みょうがの産地なのでしょうか。」と聞きました。

おかみさんはご飯や汁を碗に装いながら、「はい。みょうがはこの土地の名物なんです。ホホホホホ…。」と笑ってごまかしました。

旅人は何も気付かないで、いろいろなみょうが料理を食べながら、「なかなか、お

いしいね。」と言っています。

おかみさんは「ええ。皆さん、おいしいとおっしゃってくださいます。」と言いながら、「こんなにたくさんみょうがを食べさせれば大丈夫だろう」と心の中で喜んでいました。

主人は別の部屋で心配しながら待っていました。しばらく経って、おかみさんが戻って来ると、「どうだ。食べたか。」と聞きました。

「ええ。食べました、食べました。おいしい、おいしいと言って、全部食べましたよ。」

「それは良かった。あんなに、みょうがを食べれば、あのお金のこともきっと忘れてしまうだろう。」

「そうですねえ。忘れれば良いですねえ。」

その晩、欲張りな夫婦はそう言って喜びながら寝ました。

27

次の朝、旅人は早く起きて、ごはんになりました。朝ごはんもまた、みょうがの味噌汁、みょうがの煮付け、みょうがの和え物など、全部みょうがでした。旅人はご飯を食べ終わると、出発の準備をしました。そして、旅人は「どうも、お世話になりました。」と言って、玄関で草鞋の紐を結び始めました。宿屋の主人とおかみさんは期待で胸がどきどきしていました。

「うまくいったぞ。忘れたらしいぞ。」

「みょうがの効果が出たんですよ。」

「大金が手に入るぞ…。」

「良かった。嬉しいねえ…。」

欲張りな夫婦はお互いの目を見て、にやにやしながら頷き合いました。

「お粗末さまでございました。」と、おかみさんは満面の笑顔で旅人を見送ろうとしました。

そして、草鞋の紐を結び終わって、立ち上がった旅人は、「ああ、そうだ。昨日預けたお金をお願いします。」と言ったのです。

「ひゃああ。」

主人はニワトリの首を絞めたような変な声を出してしまいました。おかみさんは泣きそうな顔になってしまいました。

旅人が「昨日、ご主人にお預けしたお金ですよ。」ともう一度言うと、主人は「へ、へい…」と言って、奥に入って行きました。

仕方がありません。主人はしぶしぶ預かった大金を奥から持って来ました。

旅人はそれを受け取ると、すぐに出て行ってしまいました。

「忘れたと思ったのに、糠喜びだったなあ。」

「本当ですよ。高いみょうがをあんなにたくさん食べさせて、たいへんな損をしてしまいましたよ。」

主人とおかみさんは本当にがっかりしましたが、二人は

「部屋に何か忘れ物でもしているかもしれない。部屋を良く探してみよう。」と言って、旅人の使った部屋へ行ってみました。しかし、忘れて行った物は何もありませんでした。

その時、おかみさんが「あ、たいへん!宿代を払うのを忘れて行ったわ!」と叫びました。

「わあ、それがみょうがの効果なのか…。」

欲張りな主人とおかみさんは、開いた口が塞がりませんでした。

【広島県のお話】

貪心客棧

從前某個地方有間極為貪心的貪心客棧。不僅客棧老闆貪心，老闆娘更是貪心，因此不知何時開始，大家便稱這間客棧為「貪心客棧」。

某日有位身懷鉅款的旅客前來投宿。

「唉呀呀！今天的這位客人似乎身懷鉅款呢！」老闆說。

「是啊！有沒有什麼法子可以把那鉅款弄到手？」雖然老闆娘嘴裡這麼說，但是那既然是客人的錢財，就無計可施了。

就在那時，旅客把老闆叫來，說道：「其實我身邊有一筆錢，為了謹慎小心起見，希望寄放在您的櫃檯。」

「是！是！遵命。我會好好保管的。」

說著，老闆便將客人的錢保管好。老闆娘看著老闆保管的錢財，便說：「要是那位客人忘了寄放錢的事，那該有多好啊！」

「哪有可能！哪有傻瓜會忘了寄放的鉅款就走了呢？」

「所以要動腦筋呀！」老闆娘小聲地說「我們讓客人吃蘘荷吧！」

「什麼？蘘荷？」

「是啊！你沒聽過所謂的『遺忘蘘荷』這回事嗎？吃了蘘荷就會把事情給忘了。所以讓他多吃蘘荷的話，那位客人就會忘記錢的事了。」

「原來如此，真是好主意！」

「對吧！」

「好，就去多買些蘘荷吧！」貪心的老闆

和老闆娘兩人這般商量著。

這時蘘荷才剛上市價錢正高，老闆娘心一橫買進了許多蘘荷，開始做蘘荷料理。蘘荷湯、燉煮蘘荷、味噌拌蘘荷、油炒蘘荷，煮出了清一色的蘘荷料理，這些菜全都端給有錢的旅客吃。

旅客邊吃邊問：「這一帶是蘘荷的出產地嗎？」

「是的，蘘荷是我們當地的名產，呵！呵！呵！」老闆娘邊將飯、湯盛入椀中，邊笑著打迷糊說。

旅客沒察覺任何異狀，吃著各式蘘荷料理直說「真是好吃！」

「是啊！任誰都說好吃呢！」老闆娘說。她心裡竊喜著「讓他吃了那麼多的蘘荷，應該沒問題了！」

老闆在別的房裡擔心地等候著。不一會兒，老闆娘一回來，他便急忙地問：「怎麼樣？他吃了嗎？」

「是的！吃了，他吃了！一直說很好吃，全部都吃光了。」

「那真是太好了！吃了那麼多的蘘荷，客人一定會忘了把錢寄放我們這兒的事吧！」

「沒錯！能夠忘記就太好了！」當天晚上，這對貪心夫妻歡喜地說著便睡著了。

隔天早上，旅客早早就起來，到了吃早餐的時候，早餐膳食依然清一色都是蘘荷——有蘘荷味噌湯、燉煮蘘荷、涼拌蘘荷等等，全都是蘘荷。

旅客用完餐後，開始準備啟程。

「謝謝，承蒙照顧了。」旅客坐在櫃檯邊開始綁草鞋帶。

客棧的老闆和老闆娘滿心雀躍期待著。

「很順利呢！客人大概忘記了。」

「蘘荷發揮效果了。」

「一大筆錢就要到手了。」

「太好了，太高興了。」

貪心的老闆和老闆娘彼此交換眼神，滿是笑意地點著頭。

「粗茶淡飯沒什麼招待。」老闆娘堆滿了笑臉恭送旅客。

旅客綁好草鞋站起身說：「啊！對了，我想拿回昨天寄放的錢。」

「唉呀！」老闆發出了好似雞頭被掐住了的怪聲。

老闆娘則是哭喪著一張臉。

「就是我寄放在老闆您那兒的錢啊！」旅客再說一次。

「是，是……。」老闆說著便進到客棧後方。沒辦法，他只好不情願地將保管的鉅款取出來。

旅客一拿回鉅款隨即便踏上旅程離開了。

「唉呀呀！本來以為他已經忘了，卻空歡喜一場。」

「是啊！虧我們給他吃了那麼貴的蘘荷，真是虧大了！」老闆和老闆娘相當洩氣。

「既然如此，或許有什麼遺忘在房間裡，我們去房間仔細找找。」

老闆和老闆娘說著便到旅客的房間去看，可是什麼也沒留下來。就在那個時候，老闆娘大叫：「糟了！他忘了付房錢呢！」

「哇！那難道是蘘荷的功效…？」

貪心的老闆和老闆娘驚得合不攏嘴。

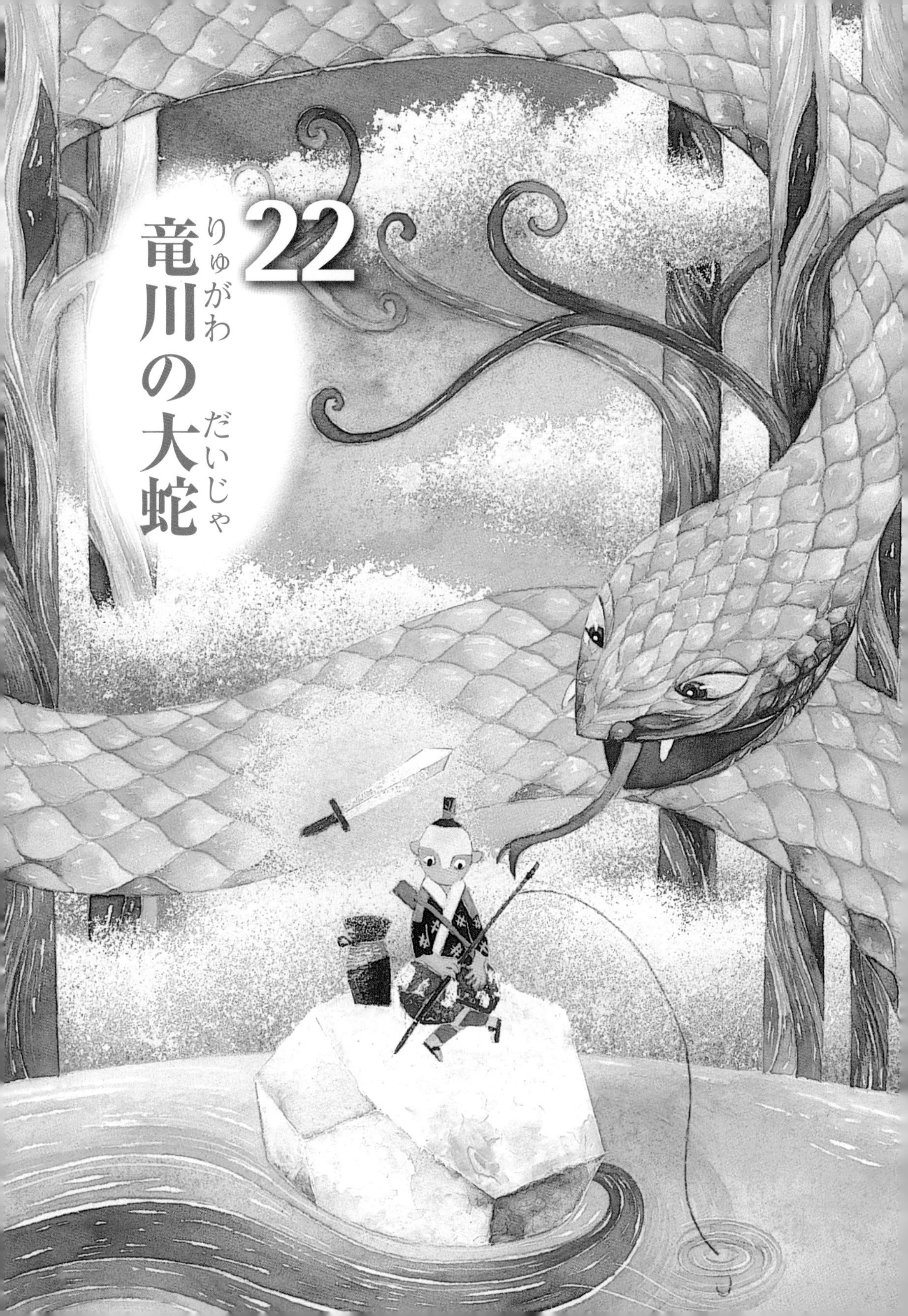
22
竜川(りゅうがわ)の大蛇(だいじゃ)

28

昔、伊予の国[1]の新居浜の少村に、とても貧乏な一人の少年がいました。

小さい頃に、お父さんもお母さんも死んで、お婆さんに育てられました。お婆さんは、孫のこの少年をとてもかわいがって、少年はお婆さんの言うことをよく聞きました。

ところが、この少年が十一歳の時、七十歳を過ぎていたお婆さんが病気になって、働けなくなってしまったのです。

「困ったねえ。わたしがこんな病気になってしまって。」とお婆さんは独り言を言いました。その言葉を聞いた少年は、元気に「おばあちゃん、だいじょうぶだよ。おれが働いて、きっとなんとかするよ。だから、心配しないで、ゆっくり寝ていてね。」と言いました。そして、それから、少年は一生懸命に働きました。毎日、近くの山へ焚き

① 現在的愛媛縣。

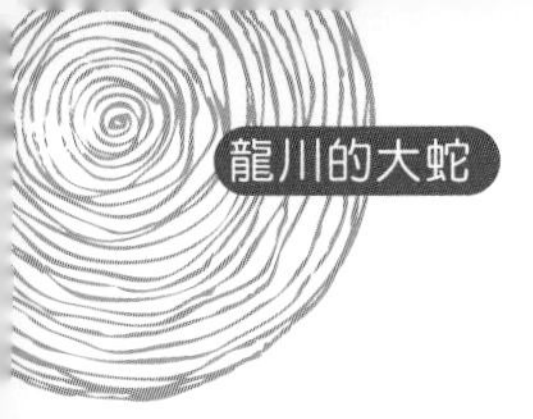

木を取りに行って、それを町へ持って行って売りました。

「焚き木やあ、焚き木。焚き木は要りませんか。」と大声で言いながら売って歩きました。稼いだお金でお婆さんの薬を買ったり、米や味噌を買ったりしました。

しかし、焚き木の値段は高くありません。それで、少年が一生懸命に働いても、稼げるお金は多くありませんでした。とても大変で苦しかったのですが、少年は病気のお婆さんを心配させてはいけないと思っていました。そして、

「もっとたくさんお金が稼げることはないだろうか。」と考えていました。

ところで、その頃、近くの竜川の上流にある大蛇が淵に「竜川の主」と呼ばれている大蛇が住んでいました。この淵には、とてもたくさん魚がいるので、村の人はよく釣りに行くのですが、大蛇は釣りに来た人を呑んでしまうらしいのです。大蛇が淵へ釣りに行ったら、無事に帰って来られないという噂があったのです。

「大蛇が淵は怖い。」

皆そう言って、怖がっていました。

ある日、焚き木を取りに山へ入った少年は、大蛇が淵の近くを通りました。すると、淵に魚が泳いでいるのが見えました。大きいのや小さいのや、本当にたくさんの魚がいたのです。

「なんとか、あの魚をとって、お婆さんに食べさせたい。それから、町で売って薬を買いたい。」と少年は強く思いました。

そこで、少年は鍛冶屋に行って頼んでみました。「刀を一本、作ってもらえませんか。」

鍛冶屋は、この少年が貧乏なことを知っていたので、「作ってもいいが、刀の代金はどうするんだ?」と聞きました。

「お金はありません。だから、明日から毎日、刀ができるまで、焚き木を一束持って来ます。それで作ってください。」

「そうか。わかった。では、そうしよう。刀ができるまで毎日一束だぞ。」

「はい。わかりました。必ず。」

29

少年は次の日から、約束通りに毎日一束の焚き木を鍛冶屋に持って行きました。刀がどうしても欲しかったからです。

しかし、実は、この鍛冶屋は心の良くない欲張りな人でした。わざと刀をゆっくり作って、焚き木をできるだけたくさん取ろうと考えていたのです。

それを知らない少年は、刀が早く出来上がるのを願いながら、毎日毎日一生懸命焚き木を運びました。

その年も終わり、次の年の春頃、鍛冶屋はやっと刀を作り終わりました。鍛冶屋は少年に必要以上にたくさんの焚き木を運ばせて、やっと出上がった刀はあまり切れない質の悪い刀でした。

しかし、少年はとても喜んで、「ありがとうございました。」とお礼を言うと、刀をもらって帰りました。

その日から、少年は刀を背負って、大蛇が淵へ釣りに出掛けました。もし、淵の主と呼ばれている大蛇が出て来たら、すぐに刀で切るつもりだったのです。

淵にいるたくさんの魚は、気持ちよく、どんどん釣れました。一匹また一匹と、何匹でも釣れました。

少年は釣れた魚を持って帰って、お婆さんに食べさせました。町へも持って行って売りました。

毎日毎日、こんな生活を続けていました。だんだん、村中で話題になっていきました。「不思議だなあ。あの子は大蛇が淵へ釣りに行っても、いつも無事に帰って来る。今まで、こんなことは無かったのに、どうしたんだろう。」と村の皆、不思議で仕方ありませんでした。

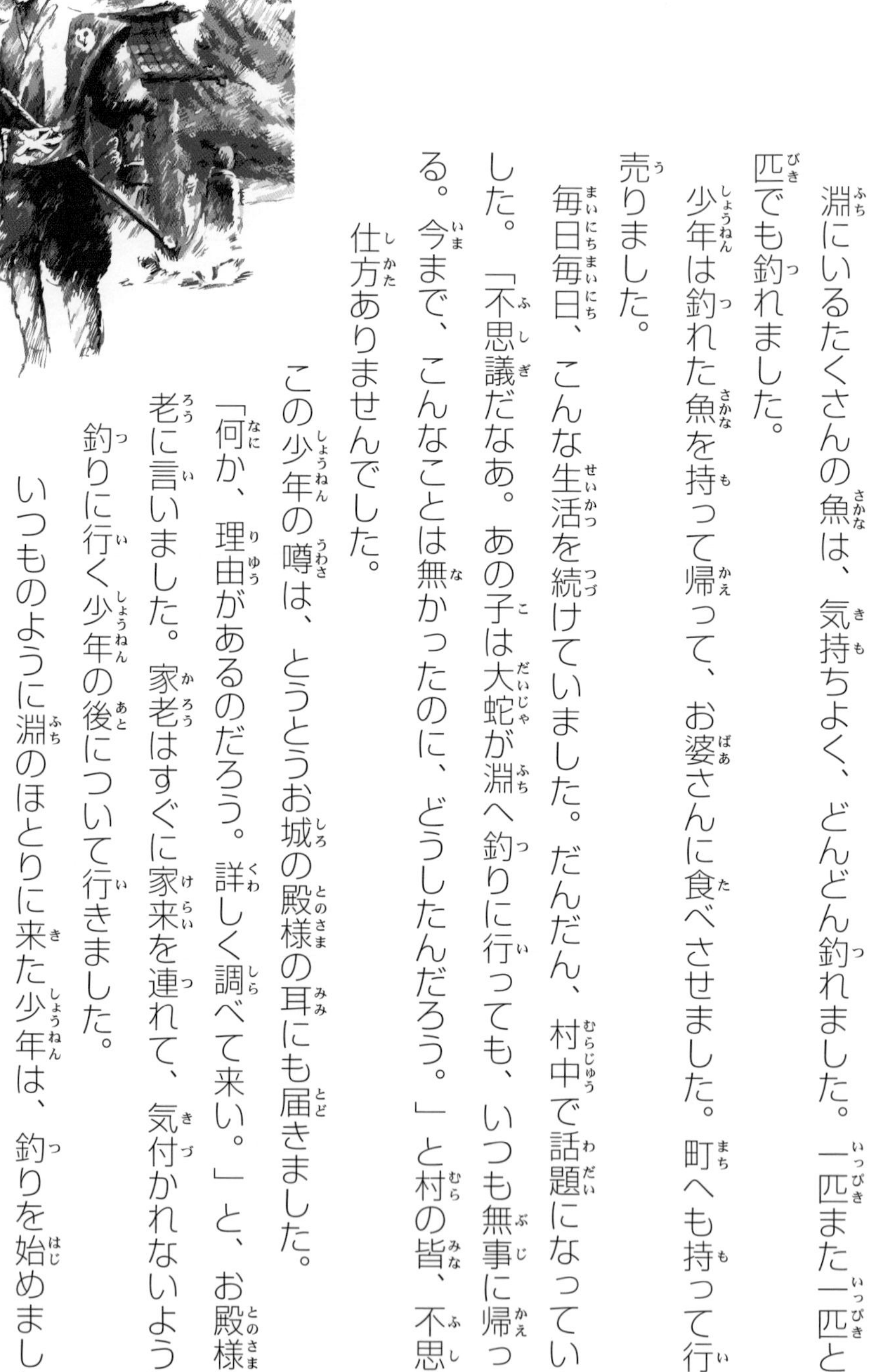

この少年の噂は、とうとうお城の殿様の耳にも届きました。

「何か、理由があるのだろう。詳しく調べて来い。」と、お殿様は家老に言いました。家老はすぐに家来を連れて、気付かれないように、釣りに行く少年の後について行きました。

いつものように淵のほとりに来た少年は、釣りを始めました。やはり、魚はどんどん釣れました。

その時、そっと様子を見ていた家老は「あっ!」と驚きました。少年の頭の上に、大蛇が頭を垂らして、少年を呑み込もうとしていたのです。ところが、大蛇が頭を少年に近付けると、少年の背負った刀が抜けて大蛇を切ろうとしたのです。それで、大蛇はどうしても少年を呑み込むことができないのです。鍛冶屋が作ったのは質の悪くて切れない刀でしたが、この刀には少年の一心が入っていました。病気のお婆さんを想って、毎日毎日焚き木を運び続けた一心です。それが、不思議な力になって、刀に入ったのでしょうか。

驚いてお城に帰った家老は、見た様子を殿様に報告しました。

「その子供が立派なので、神が感心して、お助けになったのだろう。」と殿様は言いました。その後、殿様はその少年をお城に呼んで側小姓にしました。そして、少年は「大蛇丸」という名前を与えられたそうです。

少年の持っていた刀は、お城の宝物になって長い間大切にされました。【愛媛県のお話】

龍川的大蛇

從前在伊予國的新居濱山村裡，有位相當貧窮的少年。自小他就父母雙亡，由祖母撫養長大。祖母相當疼愛孫子，少年也很聽祖母的話，然而少年十一歲時，年過七十的老祖母生病了，再也無法勞動幹活。

「怎麼辦才好！我竟然染上這樣的病。」祖母擔心地自言自語說。

聽了那話，少年卻精神奕奕地說：「婆婆，沒問題的！我去幹活，船到橋頭自然直。您別別擔心，安心地躺著吧！」

於是自那之後，少年便拼命地幹活，每天都到附近的山上砍柴拿到鎮上去賣。

「柴火呀！柴火呀！有沒有人要買柴火呀？」少年邊走邊叫賣，想用賣柴薪的錢來買祖母的藥、米和味噌。

但是柴火不值錢，因此少年再怎麼幹活，也賺不了多少錢。雖然日子辛苦，可是少年決意不讓祖母擔心。他心裡想著：「有沒有賺多點錢的法子呢？」

那時附近的龍川上游有座大蛇深潭，住著一條叫作「龍川主人」的大蛇。這深潭裡有許多的魚，村人常去那裡釣魚，但是大蛇會吃去那兒釣魚的人。所以大家都說，要是去大蛇深潭釣魚，就不能平安歸來。

「大蛇深潭好可怕呀！」大家都很害怕說著。

某日上山砍柴火的少年，經過大蛇深潭旁時，看見了潭裡有魚在游著，大大小小的，真的很多。

「我得想個法子捕捉那些魚給婆婆吃，然後拿到鎮上賣了買藥。」少年心想。

於是少年到鎮上打鐵店，拜託鐵匠：「請幫我打一把刀！」

鐵匠知道少年很窮，所以就說：「幫你打一把刀是可以，買刀的錢你要怎麼付啊？」

「錢，我沒有！但是從明天起，我每天都去砍一擔柴給您，直到刀鑄造好。請幫我打一把刀子吧！」

「好吧！就那麼辦。刀鑄好之前，你每天都要砍一擔柴給我哦！」

「好！就這麼說定！」

少年無論如何都想得到一把刀，於是隔天起就按照約定，每日送一擔柴給鐵匠。然而鐵匠是個心地壞又貪心的人，他故意慢慢地鑄打那把刀，想要獲取更多的柴火。

不知情的少年盼著刀早日鑄好，每天都賣力地扛柴火給鐵匠。

那一年結束，到了隔年的春天，鐵匠終於鑄好了刀。鐵匠讓少年扛來比約定的還要多的柴火，但是鑄好的刀卻是一口不太鋒利的劣質刀。然而少年卻非常高興，道了謝便拿著刀回去了。

從那天開始少年就揹著刀，前往大蛇深潭釣魚，要是那叫作「深潭主人」的大蛇出現的話，就立刻拔刀把牠斬了。

深潭裡的許多魚順利地上鉤，一隻接著一隻，釣到許多魚。少年把釣到的魚帶回家去給祖母吃，也拿到鎮上去賣。他每天都持續這樣

的生活。漸漸的村裡開始議論紛紛。

「真不可思議！那孩子去大蛇深潭釣魚，卻總是能夠平安歸來，這是前所未有的事。怎麼會呢？」村裡的人大家都覺得非常不可思議。

少年的傳言終於傳進了城主的耳朵裡。

「那一定有什麼原因！你們去仔細查查。」城主對家臣吩咐著。家臣隨即率領部下悄悄跟在釣魚的少年後面。

少年一如往常地來到大蛇深潭開始釣魚，果然他接二連三地釣起許多魚。

那時，直盯著少年的家臣，突然驚呼「啊！」

在少年的頭上方，大蛇垂下蛇頭似乎要一口吞了他。然而當蛇頭一接近少年時，少年背上揹的刀就自動出鞘，作勢要砍大蛇。因此，大蛇怎麼樣也無法吞噬少年。

鐵匠鑄造的是一把劣質的鈍刀，但是那把刀鑄入了少年的真心——少年掛念生病祖母的心念，每日每日扛著柴火的真心真意，全注入了刀裡。那股心念於是就成了不可思議的力量，進入刀身了吧！

驚訝的家臣回到城裡後，將見到實況詳細向城主報告。

「那真是個優秀孩子！一定是神明深受感動，給他幫助的吧！」城主說。

於是城主便將少年召喚到城裡，給他「側小姓」的官職，並賜給他「大蛇丸」的名字。

少年所持有的那把刀，之後便成為城中的寶物，被永遠的珍藏著。

23 こじきの小判（ごばん）

30

むかし、江戸の浅草に、善五郎という、たいへん貧乏な男がいました。奥さんと二人で、福の神の大黒天①を深く信していましたが、お金はぜんぜんありませんでした。②

そして、とうとうある年の終わりに、お金はもちろん、食べるものもなくなり、おなかがすいて、死にそうになってしまいました。

善五郎は、ある晩、奥さんに、

「わしは考えたんだ。このまま死ぬより、罰を受けてもいいから、金持ちの家に泥棒に入り、すこしでも金を盗んで来る。この正月だけでもいいから、おいしい物を食べたり、お酒を飲んだりして、楽しく過すのはどうだろうか。」

と、相談しました。

「おまえさん、その考えは間違っていますよ。わたしは泥棒する

---

① 梵語 Mahakala，佛教守護神、戰鬥神，憤怒神，後來化為廚房之神。七福神之一。

② 「小判」是一五七三～一五九二年左右至江戸末期通用之扁薄橢圓形金幣。

よりも、おなかがすいて死ぬほうが、まだいいです。」

と、奥さんは賛成しません。

善五郎はしかたなく、おなかはすいていましたが、ぼろぼろの布団に潜りこみました。けれど雪が降ったあとの寒い夜で、寝ようと思っても寝られません。すると、ますます、泥棒をあきらめることができません。奥さんが眠ってしまったのを見て、手ぬぐいを頭にかぶって、家を出ました。

近くのお金持ちの大きな家へやってくると、塀の穴から、中のようすを見てみました。その家の人たちはもう寝ているようです。

「どうか、うまく入れますように…。」

善五郎は、板の塀に手をかけて、登ろうとしました。ところが、雪が溶けて塀がぬれていたので、つるりと足をすべらし、外へ落ちて、意識を失ってしまいました。

すると、夢を見ているような気持ちになりました。そこに大黒天が、目の前に現れました。大黒天の足元には、山のようにたくさんの金銀があって、明るく光って、キラキラ輝いていました。

善五郎は、そこで、

「大黒さま、わたくしは、この長い年月、毎日毎日信心を続けてきました。それなのに、どうして、そんなにたくさんある宝物の、ほんのすこしも、私にくださらないのでしょうか。」

と、尋ねました。

大黒天は善五郎をかわいそうに思いましたが、こう言いました。

「おまえがそう思うのもしかたがないが、おまえにあげるぶんは、すこしもないのだよ。この金銀の宝も、みんな持ち主があるのだ。もしも、おまえがほしかったら、その持ち主に頼んで、借りるしか方法はないのだ。」

と、おっしゃいました。

「それでは、どこに、そのお宝の持ち主がいるのでしょうか。」

「この先の、橋のそばに寝ている貧乏な男が、この金銀の持ち主だ。」

大黒さまのこの言葉を聞いて、善五郎は、とてもびっくりしたので、目が覚めました。

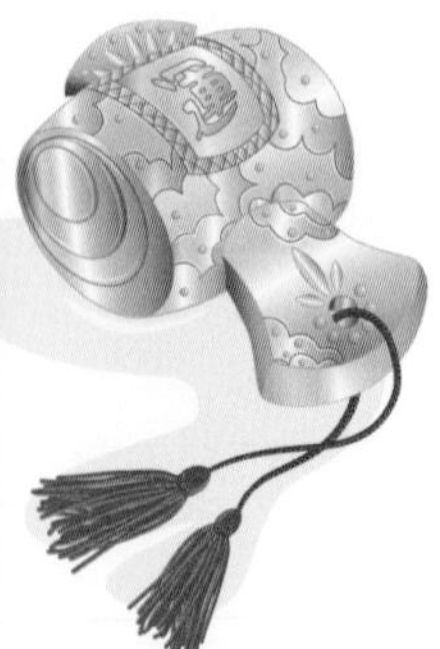

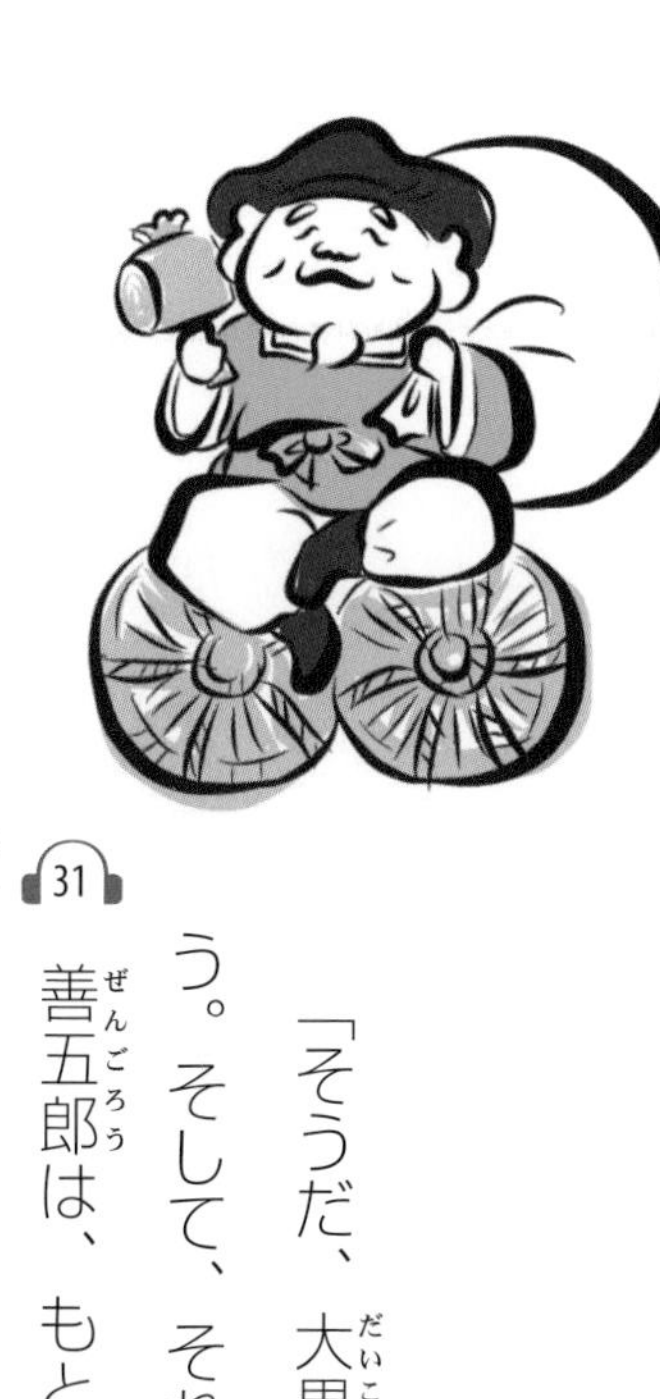

31

「そうだ、大黒さまのおっしゃるように、その人からお金を借りよう。そして、それで商売して、金をもうけよう。」

善五郎は、もともと善良な男でしたから、すぐそのまま、大黒さまの教えてくださったとおり、橋のそばへ行ってみました。

なるほど、ひとりの汚い乞食が、ござ[1]をかぶって、寒い中、寝ていました。

「あのう、そこの人、話があるんだ。起きてくれ。」

善五郎は、橋のそばで寝ていた男を揺り起こしました。

大黒さまから聞いたとおり、理由を話しました。

「ちょっと私の話を聞いてくれ。かならず借りたお金にお礼をつけて返す。その約束を証明する紙も書いて渡すから、三百両だけ、わしに貸してくれ。お願いだ。」

橋のそばで寝ていた男は、これを聞いて、びっくりしました。

---

1 「ござ」（隨便編織的草蓆）

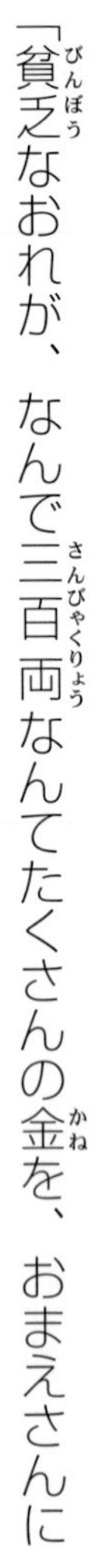

「貧乏なおれが、なんで三百両なんてたくさんの金を、おまえさんに貸すことができるんだ。一文も持っていないんだぞ。」

「大黒さまが確かにそうおっしゃったんだ。わけがわからなくてもいいから、貸すと言ってくれ。」

「おまえがそんなに頼むなら、そうしてもいいが、もう一度言うが、俺は、一文だって持ってないんだぞ、いいのか？」

「いいんだ、いいんだ。」

善五郎は、びっくりしているその男の手を引っぱって、家へ連れていきました。そして、三百両借りたという証明書を書きました。それから、また、これからずっと、親戚同士になるということも、書いて渡しました。

男は、わけがわからなくて、ぽかんとして、帰っていきました。

「さあ、こうしておけば、あのキラキラ輝く、金銀が見つかるはずだ。まず、この家から探してみよう。」

善五郎は、奥さんにも手伝わせて、床板を上げ、縁の下に潜り込んで、あちこち、

すべて探しました。すると、すみの方に、すこし高くなったところがありました。そこで、そこの土を動かしてみると、ちょうど、小判で三百両、出てきました。

「あった、あった。大黒さまのおっしゃったことは、ほんとうだった。」

善五郎も、おかみさんも、これでおなかがすいて死ぬことはないと喜びました。その三百両を使って商売を始め、一生懸命働きました。だんだんとお金が増えていきました。善五郎は、橋のそばの貧しい男から借りた分を、約束どおり、利息をつけて返しました。それだけでなく、もうけた分をつけて、男のために店も作って、商売をさせました。

どちらも、たくさんお客が来る店になりました。

ところで、善五郎夫婦には、子どもがいませんでした。そこで、その貧しい男の息子をもらってきて　善五郎夫婦の子供にしました。善五郎の店もその子供が続けました。大黒さまのおっしゃったとおりでした。金銀は、ぜんぶ、橋のそばに住んでいた貧乏な男のものになったわけです。【東京都のお話】

乞丐的黃金

從前在江戶淺草有位相當貧窮的男子叫做善太郎。平日他和妻子兩人極為虔誠信奉大黑天福神，可是卻一點兒也賺不到錢。有一年到了歲末，不僅沒有錢連食物也無著落，眼看就要餓死了。

當晚善太郎和妻子商量說：

「我想過了，與其就這樣餓死，就算是被懲罰，我也要當賊潛入有錢人家裡偷點錢來。就這個新年就好！讓我們吃點好吃的，喝點美酒，快樂地過個年吧！如何？」

「你呀！這想法錯了！與其當個小偷，我寧願餓死算了！」妻子並不贊成。

善太郎莫可奈何，雖然只好飢腸轆轆地鑽進破破爛爛的棉被裡。可是在下過雪的寒夜裡，即使想睡也冷得無法入睡，於是他愈發無法打消當小偷的念頭。他看見妻子入睡後，便頭上蒙著手巾出門了。

他一走到附近有錢人家的大宅邸，便從牆眼往內偷窺，那家人似乎都睡了。

「請保佑我，順利地進入⋯⋯。」

善太郎手放在木板牆上，想攀爬進去。然而雪溶後屋牆濕滑，善太郎滑了一跤摔到外面，一時失去了知覺。

那時，他就好像作夢般，看到大黑天福神現身在他眼前。大黑天福神的腳邊堆了如山高的金銀財寶，閃閃發亮令人眼花撩亂。

善太郎於是問道：「大黑天福神啊！我這麼多年來一直信奉您，可是您那麼多的寶

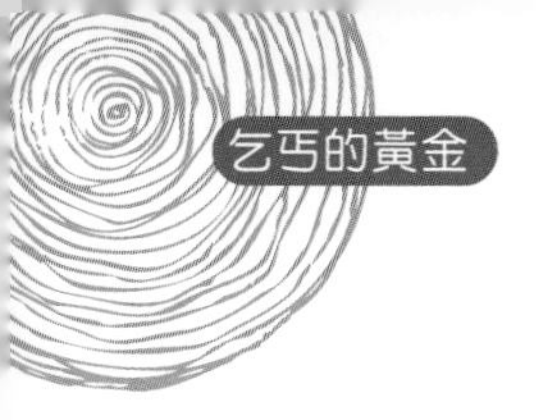

物，為什麼不分給我呢？就算只是一點點也好啊。」

大黑天福神憐憫地對善五郎說：「也難怪你這麼想！但是這裡沒有一點金銀財寶可以給你。這些金銀財寶全都有主人了。如果你想要的話，就去拜託它的主人，除了向他借之外，沒有其他的方法了。」

「那麼，那些金銀財寶的主人在哪裡？」

「睡在前面那座橋旁的貧窮男子就是金銀財寶的主人。」

聽到大黑天福神這麼說，善太郎大吃一驚，醒了過來。

「對了，就如大黑天福神說的，我去向那個人借點錢，做個買賣賺錢吧！」

善太郎原本就是善良的男子，就立刻按照大黑天福神的指示，到橋旁看看。果然有一位骯髒的乞丐，蓋著草蓆睡在寒風中。

「喂！那邊那一位！我有話對你說。你醒醒！」善太郎搖醒睡在橋旁的乞丐，按照大黑天福神那兒聽來的，說了緣由。

「你聽我說！我一定連本加利還你的，也會白紙黑字將約定寫下來給你。只要三百兩就好，請借給我，拜託您！」

睡在橋旁的男子聽了嚇一跳。

「我這麼窮！哪來三百兩這麼大筆錢借給你？我連一毛也沒有啊！」

「大黑天福神確實說過了！就算你搞不清楚緣由也沒關係！你只要說『我借你』！」

「既然你都那麼拜託了，要我那

麼做也行。但是我再說一次，我可是一毛錢也沒有哦！」

「行！行！」

善太郎拉著驚訝萬分的男子的手，帶他回家去，寫下借三百兩的借據。連同今後要如同親人般往來也寫進去之後，就將借據交給他。

男子接著便一臉迷糊驚呆地離去了。

「這麼一來，我應該就可以找到那閃亮的金銀財寶了。首先從這間房子開始找吧！」

善太郎也請妻子幫忙，撬開了地板、鑽入走廊下面，這裡那裡全都找一遍。於是在角落處發現有塊稍微隆起的地方，挖開土一看，不多不少剛好是三百兩黃金。

「找到了！找到了！如大黑天福神所說的，果然沒錯。」

善太郎和妻子兩人很高興，這樣一來他們就不會餓死了。他們就用那三百兩當開始做買賣努力工作，漸漸地也有了財產。善太郎按照約定，把從橋旁男子處借來錢，連本帶利還給了他。不僅如此，同時將賺來的錢開店讓他做生意。無論是哪一家店，生意都非常興隆。

然而善太郎夫婦並沒有子嗣，於是他們就收養了貧窮男子的兒子作為自己的孩子，來繼承家業。正如同大黑天福神所說的，金銀財寶全部都是住在橋旁貧窮男子的。

24
一（ひと）つ目（め）小僧（こぞう）

32

東京都のほぼ真ん中のところに、番町という町があります。東京が江戸と言われていた昔、ここに目が一つのお化けが出たという話が残っています。ある日の夕暮れ、陸野見道という医者のところへ、

「番町の沢からまいりました。奥様の体の具合が悪いので、先生に診ていただきたいとのことでございます。」

と、その家で働いている者が、往診を頼みに来ました。

沢という家へ行くのは初めてで

した。見道先生は、用意された籠に乗り、その男に案内させて、すぐ出かけました。

まもなく、立派な家に着きました。家も大きく、庭もすばらしく、相当身分のある武士のお宅のようです。

「こんなところに、こんな立派なお宅があったかな。」

見道先生は、家に入る前に、ちょっと不思議に思いました。

長い廊下を通って、お客様のための大きな和室に案内されました。部屋には明かりがついていて、たばこの道具も、座布団も用意してありました。

小姓[1]らしい十一、二歳の少年が、静かにふすまをあけて、茶を運んできました。小姓というのはその家の主人の側で働く若い武士のことです。袖の長い着物を

---

[1] 名詞，（古代貴族家）負責服侍工作的小童。

着て、その一つひとつの動作が、とてもかわいらしく見えました。見道先生は、思わずほほえみながら、

「年は、いくつかな。」と、尋ねました。

少年は、恥ずかしそうに、返事もしないで下を向いたまま、隣の部屋に走って入っていきました。そして、ふすまを閉めながら、ひょいと、顔をあげました。

見道先生は、これを見てびっくりしました。なんとその顔は、長さが三尺[1]ほどで、目は額の真ん中に一つだけで、鼻は小さく、口は大きくて耳まで裂けていました。

「ということは、ここは、妖怪が住む家だな。」

けれど、少しのことでは驚かない見道先生は、慌てないで、周りをゆっくりと見ました。そこへ、主人が入ってきました。品のよい、立派な武士です。見道先生の前に座ると、

[1] 約一公尺。

「これはこれは、お忙しいところを、さっそくに来てくださって、ありがとうございます。」と、丁寧にあいさつしました。それから心配そうに、

「先生、お顔の色がとっても青いようですが、どうかなさいましたか。」

と、尋ねました。

この主人は、あの小姓が人ではないのを知らないようだ。ちょっと、教えてあげたほうがよいだろう。見道先生はそう思って、

「実は…。」と、小さな声で、あの小姓は化物らしいと知らせました。

すると、主人は、突然、からからと②高い声で笑いました。びっくりして何も言えなくなっている見道先生に、「先生がそうおっしゃるということは、あの小僧が出ましたか。あいつめ、知らない方がいらっしゃると、出てきては、いたずらをするので困ります。それで、今日はどんなふうでございまし

---

② 「からからと」（高聲大笑的樣子）

たか。……もしかして、こうではございませんでしたか。」
と、ぬっと、顔を前に突き出しました。今までの優しそうな主人ではありません。顔の長さは三尺くらい、口は耳まで裂け、目はただ一つ、額の真ん中にギラギラと光っています。一つ目の大入道でした。

さすがの見道先生も、驚いてしまいました。さっと後ろへ下がると、どうにか玄関まで逃げました。

33

ところが、履いてきた草履がどこにもありません。玄関番という玄関でお客様のために仕事をする男が、隅で座ったまま寝ていたので、「わしの草履はどこだ。出してくれ。」と、揺り起こしました。

すると、
「何が起こったのでございます。何をそんなに慌てておいでになるのですか。」
と、眠そうな目をして、玄関番の男が草履を出してくれました。

見道先生は、返事もしないで、さっと草履をはくと、門を飛び出し、道を走りだしました。

辺りは、もうまっ暗でした。どこをどう行っていいかわかりません。

「困ったな、提灯でもあれば……。」と、思っていると、

「心配することはありませんよ。提灯はここにございます。」

さっきの玄関番の男の声がして、突然、ぱっと足元が明るくなりました。地面の小さな虫が見えるほどです。とても明るいので、

「これは、不思議だ。」

驚いて振り返ると、そこには一つ目の大入道が立っていました。額の一つ目は、らんらんと①輝き、大きな口から、まっかな炎を吐き出していました。

「あっ。」

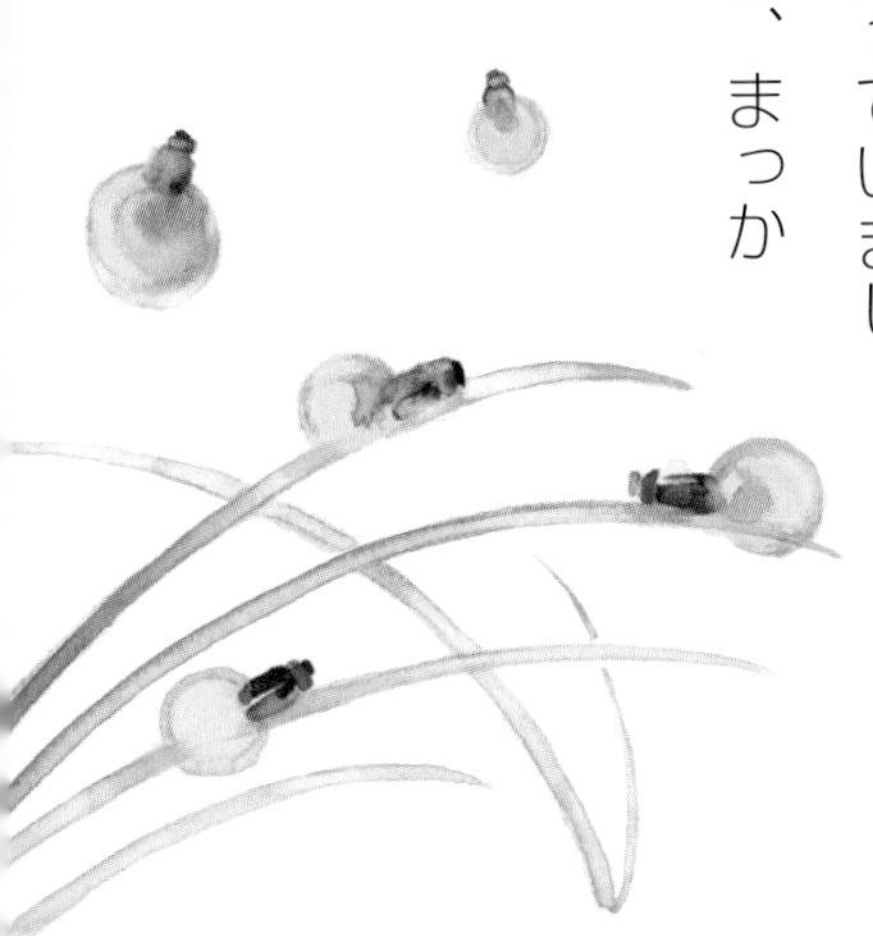

---

①「らんらんと」（〈眼睛〉炯炯有神）

見道先生は、大きな声で叫ぶと、そのまま、そこで、倒れてしまいました。

さて、見道先生の家では、

「いったい、先生はどうなさったのだろう。だいぶ時間がたつが。」

みんな、心配していました。それで、聞いておいた、番町のそのお宅へ迎えにいきました。ところが、そのあたりは、草だらけの空き地でした。ただ、今にも倒れそうな門があって、庭の跡らしいところに、蜘蛛の巣だらけの小さな建物が一つ、建っているだけでした。

「たいへんだ。これは、先生に、何か悪いことが起こったにちがいない。」

と、大騒ぎになりました。

みんな分かれて、あちこち捜すと、そこからすこし離れた寂しい誰もいない竹林の中に、見道先生が倒れていました。看病すると、まもなく気がつきました。しかし、もとのように元気になるまでには、一か月もかかったということです。

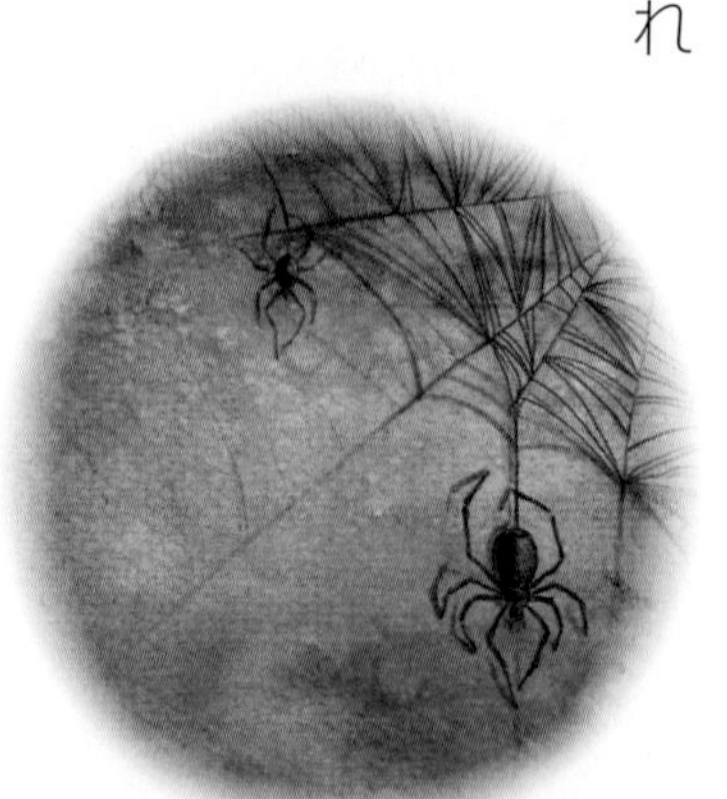

獨眼妖怪

大約在東京都的正中心一帶，有個叫做番町的地方，昔日在東京還稱為江戶的年代，據說這裡流傳著有獨眼妖怪出沒的故事。

某日黃昏有位名為陸野見道的大夫家裡，出現了一位傭人前來拜託他出診。

「我是從番町的澤姓人家來的，我家夫人身體微恙，麻煩大夫前往看診。」

去澤姓人家乃是頭一遭。見道大夫坐上備好的轎子，在傭人的引導下立刻出發，不久之後便抵達了府宅。那宅邸宏偉庭園優美，似乎是有相當身分的武士宅邸。

「這一帶有如此的豪華的宅邸嗎？」見道大夫進入宅邸前，覺得有一點奇怪。

通過了長長的廊道，他被帶到了專門招待訪客的大和室。房裡油燈裡也先點上了燈，香菸盒及坐墊也已備好。

一位似乎是小廝的十一、十二歲的少年，靜靜地拉開紙門端上茶來。小廝即是在主公身邊的年輕武士。他穿著長袖和服，一舉一動都招人喜歡。見道大夫不禁微笑地問道：「你幾歲呢？」

少年一臉害羞沒有回答，只低著頭速行至隔壁房間，拉上紙門同時突然抬起頭來。

見道大夫見狀大吃一驚——那少年的臉長約三尺，單一隻眼睛位於額頭的正中央，鼻

小、嘴巴大大裂至耳朵。

「這裡難道是妖怪住的屋宅嗎？」

但是，不會為了小事大驚小怪的見道大夫，不慌不忙地環視四周，這時主人進來了，那是位氣質優雅儀表堂堂的武士，他一坐到見道大夫的面前便親切的招呼：「唉呀！百忙之中讓您特地跑一趟，太謝謝您了。」，然後擔心地問：「大夫，您臉色鐵青，怎麼了呢？」

見道大夫心想這主人似乎不知那小廝非人，還是稍微透露才好。於是便壓低嗓子說：「其實…」將那位小廝是妖怪的事，告知了主人。

主人聽罷，突然洪亮地放聲大笑，對著瞠目結舌的見道大夫說：

「那麼，那位小廝現身了嗎？那個傢伙一見陌生人便現身惡作劇，實在傷腦筋。那麼，他今天幹了什麼？是這樣子嗎？」主人突然把臉湊前說。

那臉已不是先前優雅和藹的臉，那臉長約三尺、嘴裂至耳，額頭正中單隻眼睛晶光閃閃。那正是獨眼大妖怪。

就算是見道大夫也嚇破了膽，立刻轉身離開，慌慌張張地往大門逃出。

然而他卻尋不著方才穿來的草鞋，見到門口有位為伺奉來客的守門男子在角落打瞌睡，便搖醒他問：「我的鞋在哪？拿來！」

「發生什麼事？您這麼慌張？」那門房男子睡眼惺忪地將草鞋遞上說。

見道大夫一語不答，一穿上草鞋便奪門而出，沿路奔去。

那一帶四周黑漆漆的，不知該往哪走。

著。

「真傷腦筋，要是有提燈就好了。」他想

「您不必擔心，提燈在此！」那是方才門房男子的聲音。

這時突然腳邊一片光亮，亮得連地面小蟲都看得一清二楚。由於太過於光亮了，「這實在太奇怪了」，見道大夫吃驚一回頭，便瞧見獨眼大妖怪正站在那裡。額上的獨眼炯炯有神、晶光閃亮，從巨大的嘴裡還吐出赤紅的火焰。

「啊！」見道大夫大叫一聲，便當場昏了過去。

「大夫到底怎麼了呢？已經過了好些時辰了！」見道大夫家裡大家都很擔心。於是就去先前打聽來的那座番町宅邸迎接大夫。然而到了那兒，只見一片雜草叢生的空地，而就要傾倒的大門，似乎是庭園處，有座滿是蜘蛛巢的房子佇立在那兒。

「糟了！大夫一定遭遇了什麼事！」大家大為慌亂，於是分頭四處尋找。就在離那兒不遠的荒涼竹林中，發現見道大夫倒臥在地。

經過照料，不久見道大夫便恢復清醒，但是花了長達一個月時間方才恢復元氣。

25

馬(うま)になる餅(もち)

34

むかし、むかし、二人の子どもが一緒に、遠い国へ旅に出かけました。ひとりは、たいへん金持ちの家の子どもでした。もう一人は、ひどく貧乏な家の子どもでした。でも、二人は、とても仲がよくて、世界中に、こんな仲よしはないほどでした。ある日、暗くなってきたので、宿に泊まることにしました。その部屋は六畳の広さでした。二人は、夕食を食べると、すぐ寝ました。

むかしから、「貧乏人の子は眠れない」という諺があります。そのとおり、貧乏な家の子は、布団に入っても、なかなか眠ることができませんでした。目を開けて、ぼんやりと、土間の囲炉裏のところを見ていました。

夜中になると、宿屋の女将さんがやってきました。箱の中から道具を出すと、囲炉裏の灰を、ちょうど田を準備するときように耕しました。それから、稲の種を取り出して、蒔きました。

見ているうちに、種から芽が出て、ぐんぐん伸びました。女将さんは、その苗を取って、田植えをしました。そして田の草をとりました。それから、穂が出ました。それが黄金色に実ると、それを刈り取って、籾殻を取って、米にしました。そして、その米で、餅をつきました。

貧乏な家の子どもは、寝ているふり[1]をして、それをそっと見ていました。

「なんと、不思議なこともあるもんだ。」

と、考えているうちに、夜が明けました。

「さあ、朝ごはんですよ。」

宿屋の女将さんは、二人を起こしてお茶を入れてくれました。貧乏な家の子は、金持ちの子の膝をつねって、

「餅が出ても、食べちゃいけないよ。」

---

[1] 「～ふりをする」（装作～的樣子）

と、小さな声で教えました。けれども、金持ちの子は、その言葉を聞かないで、女将さんが餅を入れた皿を置いていくと、すぐ食べてしまいました。

35

一つ食べている間は、なんともありませんでしたが、二つ目を食べると、不思議なことに、ひひんと鳴いて、馬になってしまいました。馬になった金持ちの子は、その時やっと、友だちの言った言葉の意味がわかって、涙をぽろぽろこぼしました。

「だから言ったじゃないか。怪しい餅だと思ったから、おれが膝をつねって②教えてやったのに、言うことを聞かなかったからだ。だが心配するな。おれが、きっと、おまえを元の人

② 「抓る」（〈用指尖〉捏）

間に戻してやるから。それまで、苦しくても、我慢していろよ。」

貧乏な家の子は、女将さんが来ないうちに、急いで宿屋を出ていきました。そして、早く友だちを馬から人間に戻してやりたい、助けたいと思って、その方法を尋ねながら、旅をしました。でも、なかなか、方法はわかりませんでした。

すると、ある日、白髪の七十歳くらいのおじいさんに出会いました。

「お爺さん、お爺さん、突然ですが、お尋ねしたいことがあります。」

と言うと、白髪の老人は、

「何があったんだ?」と、聞いてくれました。貧乏な家の子は話しました。

「実は、わたしの友だちが、囲炉裏の灰で育てた稲から作った餅を食べて、馬にされました。こういうことは、お爺さんのようお年の方なら、きっと、多くの知恵をもっていらっしゃるでしょう。どうしたら、

友だちを元の人間に戻すことができるか教えてください。」

「よしよし、教えてやろう。」白髪の老人は言いました。

「これからむこうへ行くと、一反の畑いっぱいに、茄子を植えたところがある。東に向いて七つ実のなっているものを探すのだ。その茄子の実を七つ取ってきて、それをぜんぶ食べさせればよい。」

「本当にありがとうございます。これで友達を助けることができます」

36

貧乏な家の子は、ずんずん歩いていきました。言われたとおりに、広い畑一面に、茄子を植えたところがありました。そこで、一本一本探しました。けれど、東に向いた木で、一本に四つの実のなったものはありましたが、七つなった木はありませんでした。

「もっと、先にあるんだろう。」

ずんずん行くと、また、一反の畑いっぱいに茄子を植えたところがありました。東に向いた木を調べましたが、五つなったものしかありませんでした。

そこで、また、先へ行きました。茄子の一反の畑はありましたが、いくらさがしても、六つなったのしかありませんでした。

そこで、また、先へすすむと、また、広い、茄子の畑がありました。そこの畑で、やっと、東に向いていて、実が七つなっている、茄子の木を見つけました。

「これだ、これだ。」

貧乏な家の子は、飛び上がってよろこびました。その茄子を取って、懐に入れると、少しでも早く友だちを助けてやりたいので、大急ぎで歩きました。そして、やっと、宿屋に着きました。

ちょうどそのとき、馬になった金持ちの子は、主人に田へ連れていかれるところでした。見る

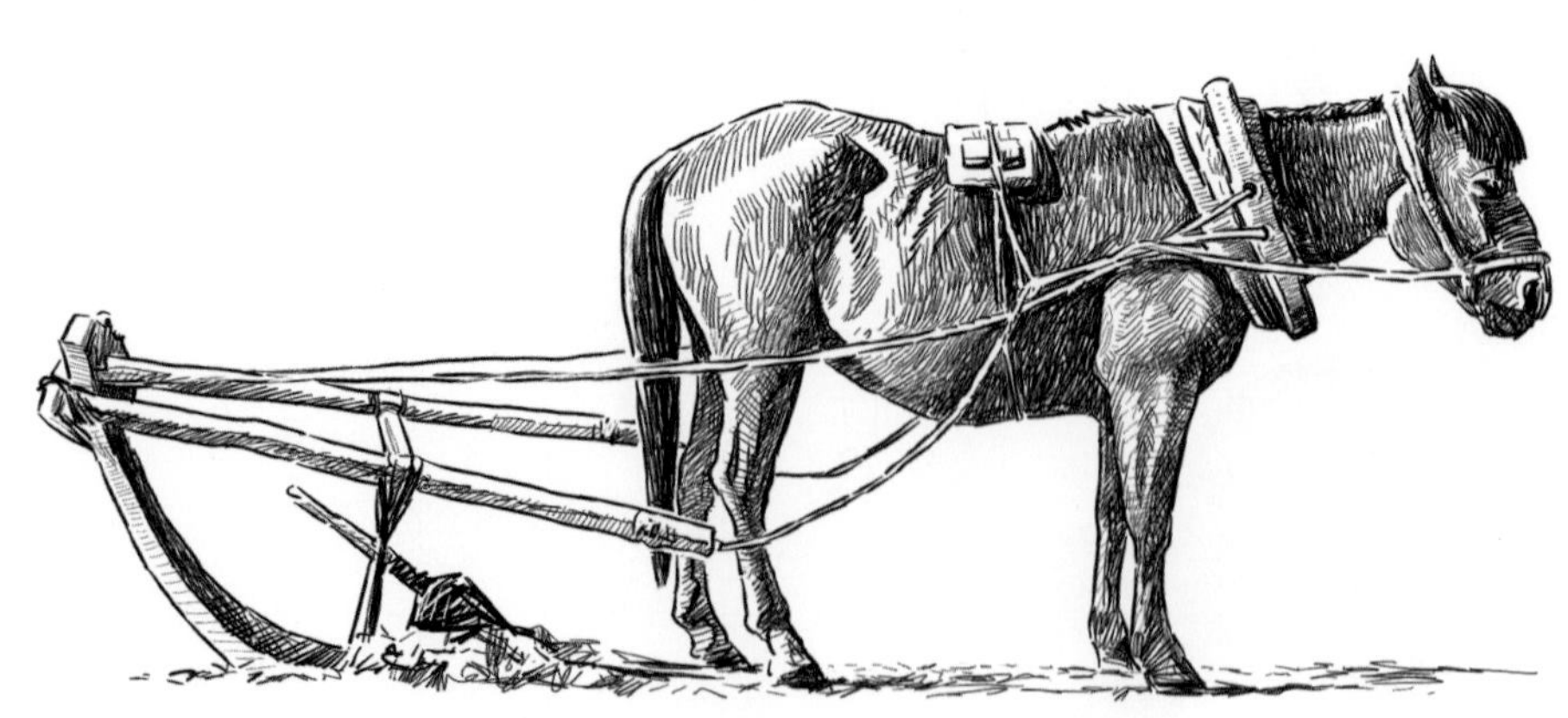

と、乱暴に扱われているようで、馬の背中は、傷だらけでした。

「かわいそうだったなあ。」

貧乏な家の子は、そばへいって、馬の首をたたいて言いました。

「さあ、がんばって、この茄子を、みんな食べるんだよ。」

馬は、四つだけは、さくさくと食べました。けれど、あとは、もう食べることができないと、首をふりました。

「なにを言うんだ。これを食べなければ、元の人間に戻ることはできないぞ。」

貧乏な家の子は、馬を叱って、また一つ食べさせました。馬はやっと食べると、もうだめだと、頭をふりました。けれども、貧乏な家の子は、口に入れて、また一つ食べさせました。また一つと、むりやりに、

とうとう七つ食べさせました。

すると、不思議なことが起きました。馬は、ちゃんと立って、元の人間に戻ったのです。二人は抱き合ってよろこびました。そして、宿屋を抜け出して一緒に帰って行きました。

金持ちの父は、

「おまえたちは、どうして、帰ってくるのにこんなに長くかかったんだい？」

と、尋ねました。金持ちの子どもが。

「囲炉裏に生えた、稲の餅を食べて、馬にされ、何日かのあいだ、田畑の仕事をさせられて大変でした。」

と言って、友だちに助けられたことを語りました。

「そうだったのか。おまえは、よい友だちを持った。これからも、いつまでも、仲よくするんだよ。」と言って、家の全ての財産を二つに分けて、その一つを、貧乏な家の子にやりました。それで、貧乏な家の子も、金持ちになったということです。【鹿児島県のお話】

讓人變成馬的麻糬

從前從前有兩個小孩相伴去遙遠的國度旅行。一個是家財萬貫人家的孩子；一個是一貧如洗人家的孩子，但是他們兩人友情深篤，可說是全世界再也沒人比得上的了！

某日天色已晚，兩人便投宿了客棧，住的客房有六個榻榻米大。吃完晚飯，兩人便速速就寢了。自古以來就有句諺語說「窮人孩子難成眠」。果真如此，貧窮家的小孩鑽進了被窩，還是難以入睡。張著眼睛，心不在焉地往土間的坑爐瞧。

一到夜半時分，客棧老闆娘來了。她從盒子裡拿出道具，在爐灰上好似準備耕田般地犛著灰，然後取出稻種播種。看著看著，種子發芽迅速抽長。老闆娘取了秧苗，開始插秧，還除田裡的草。不久稻子抽穗，結成金黃色的稻子，她割下稻子去穀磨成白米，再用那米搗成麻糬。

窮人家的小孩假裝睡著偷看著那景象，

「竟然有這麼不可思議的事，」他瞧著瞧著天就亮了！

「吃早飯了！」客棧老闆娘叫醒兩人，還泡了茶給他們喝。窮人家的小孩捏了有錢人家小孩的膝蓋，小聲地告訴他說：「麻糬若端上來，可別吃啊！」

但是，有錢人家的小孩並不在意，老闆娘一端上盛著麻糬的盤子，他便吃了起來。

吃完一個時，什麼事也沒發生，但是吃到第二個時，就發生不可思議的事，他發出「嘶！」馬嘶聲，竟然變成了馬！變成了馬後，他才了解朋友所說的話，眼淚一顆顆地掉落下來。

「我不是跟你說了嗎？我覺得那個麻糬很可疑，捏了你的膝蓋告訴你，你卻不聽！不過別擔心，我一定會想辦法讓你變回人形。在這之前，無論多辛苦你都要忍耐！」

窮人家的小孩趁著老闆娘還沒有過來前，急忙離開客棧。他踏上旅途四處尋找解決辦法，希望能儘快讓朋友從馬變回人形解救他。但是卻怎麼也找不出方法。

某日他巧遇了一位年約七十歲白髮蒼蒼的老翁。

「老爺爺！老爺爺！實在很冒味！我有事想請教您！」

「什麼事？年輕人！」白髮老翁問道。

窮人家的小孩就說了：「事情是這樣的，我的朋友吃了長在坑爐灰裡的稻米搗的麻糬後，被變成了馬。像老爺爺您這樣年長的人，一定很有智慧。請告訴我該怎麼樣才能讓我朋友變回人形？」

「好！好！我告訴你。」白髮老人說了。

「待會兒你往前走，會看到一分地種滿了茄子。你要找的是朝東結了七個茄子的。你摘下那七個茄子，讓他全部吃下便可變回人形。」

「真是太感謝您了！這樣一來，我的朋友便可得救了！」

窮人家的小孩腳不停歇地向前走，如同老翁所言，他找到寬闊的田地，那裡種滿茄子。他在那兒一棵棵地找，不過只有朝東結四個茄子的，卻沒有結七個茄子的。

「在更前面吧！」他又腳不停歇地往前走，又有一分田種滿了茄子。他找了朝東的茄子樹，但也只有結了五個的。

於是他又再往前走。又有一分地的茄子田，但無論怎麼找，也只有六個茄子的。他又再往前走，看見了一處寬闊的茄子田，終於在那田裡找到了結了七個茄子、朝東的茄子樹。

「就是這個！就是這個！」

窮人家的小孩高興得跳了起來。他摘下茄子放入口袋，便匆匆忙忙上路，希望能儘快解救他的朋友。終於他回到了客棧。

恰好那時，變成馬的有錢人家小孩正要被主人牽到田裡，牠似乎被粗暴操使，馬背上傷痕累累。

「好可憐呀！」

窮人家的小孩走到旁邊，輕拍著馬的頭說：「加油呀！把這些茄子全部吃了吧！」

只有前面四個茄子馬爽脆地吃下，接下來，牠就搖搖頭好似再也吃不下了。

「你說什麼！你不吃下這個，就變不回人形了！」窮人家的小孩斥責了馬，又讓牠吃了一個。

馬好不容易吃下，又搖搖頭表示不行了。但窮人家的小孩把茄子塞入馬嘴裡，又讓牠吃了一個。剩下最後一個也硬塞讓馬吃下去，終於吃完了七個茄子。

一吃完就發生了不可思議的事。馬就站起來恢復了人的模樣。他們兩人非常高興地抱在一起，然後逃離了客棧相伴回家了。

「你們怎麼花了這麼長一段時間才回來？」有錢人的父親問道。

「我吃了長在坑爐上的稻米所搗的麻糬，被變成了馬，好幾天都在田裡幹活。好辛苦啊！」有錢人家的孩子說。他同時說了好朋友救了他的事情。

「原來如此！你擁有個好朋友。今後你們要永永遠遠和睦相處！」父親說。

有錢人的父親就把家中所有的財產分成兩份，一份送給窮人家的小孩。據說他也因此變成了有錢人了！

國家圖書館出版品預行編目資料

樂讀日本民間故事選（寂天雲隨身聽 APP 版）/ 今泉江利子，須永賢一，津田勤子編著；林雪星譯. -- 初版. -- 臺北市：寂天文化，2022. 02 面；　公分

ISBN 978-626-300-105-3（20K 平裝）

861.58　　111001153

樂讀日本民間故事選【日中對照】

編　　著｜今泉江利子／須永賢一／津田勤子
譯　　者｜林雪星
編　　輯｜黃月良
繪　　圖｜林宛姿（章名頁配圖）／Shutterstock

美術設計｜林書玉
內文排版｜謝青秀
製程管理｜洪巧玲
出 版 者｜寂天文化事業股份有限公司
電　　話｜886-(0)2-2365-9739
傳　　真｜886-(0)2-2365-9835
網　　址｜www.icosmos.com.tw
讀者服務｜onlineservice@icosmos.com.tw

Copyright©2022 by Cosmos Culture Ltd.
版權所有　請勿翻印

出版日期　2022年2月　初版四刷
郵撥帳號　1998620-0　寂天文化事業股份有限公司
▪ 劃撥金額600（含）元以上者，郵資免費。
▪ 訂購金額600元以下者，請外加65元。

【若有破損，請寄回更換，謝謝。】